Sten Nadolny
Netzkarte

Band 1370

Zu diesem Buch

Ole Reuter, ein dreißigjähriger Studienreferendar, kauft sich 1976 eine Netzkarte der Deutschen Bundesbahn und fährt einen Monat lang kreuz und quer durch die Republik. Examensangst? Flucht vor dem ungeliebten Lehrerberuf? Romantische Sehnsüchte à la »Taugenichts«? Oder die Suche nach Abenteuern mit dem anderen Geschlecht? Wahrscheinlich von allem etwas.

Die Netzkarte wird zur verbrieften Freiheitschance schlechthin, zugleich aber auch zum Symbol einer Lebenshaltung, die alles mitnehmen und sich darum auf nichts einlassen will. Schließlich trifft Ole Reuter auf eine Frau, die sich über den Augenblick hinaus mit ihm verbindet, und damit wird erst einmal alles kompliziert.

Vier Jahre später, 1980. Wieder hat sich Ole Reuter mit einer Netzkarte auf den Weg gemacht. Ob die Frau, die er damals kennenlernte, auch noch einmal mitfahren wird? Ole Reuter beschließt jetzt, einen neuen Weg zu betreten, er versucht, sich auf Menschen einzulassen. Und das ist noch weniger einfach.

»Nadolnys Buch gehört zu den stilistisch und technisch brillantesten der Saison.« Rheinischer Merkur

Sten Nadolny, geboren 1942 in Zehdenick an der Havel, lebt in Berlin. Promotion in Geschichte. Ingeborg-Bachmann-Preis 1980, Hans-Fallada-Preis 1985, Premio Vallombrosa 1986. Sein Roman »Die Entdeckung der Langsamkeit« (1983) wurde in zahlreiche Sprachen übersetzt und mehrfach preisgekrönt.

Sten Nadolny

Netzkarte

Roman

Piper
München Zürich

Von Sten Nadolny liegen in der Serie Piper außerdem vor:
Die Entdeckung der Langsamkeit (700)
Selim oder Die Gabe der Rede (730)
Das Erzählen und die guten Absichten (1319)

ISBN 3-492-11370-2
April 1992
2. Auflage, 21.–35. Tausend Dezember 1992
R. Piper GmbH & Co. KG, München
Lizenzausgabe mit Genehmigung des
Paul List Verlags, München
© Paul List Verlag GmbH & Co. KG, München 1981
Umschlag: Federico Luci,
unter Verwendung einer Illustration von Celestino Piatti
© Celestino Piatti, Dugingen/Schweiz
Foto Umschlagrückseite: Sven Thomas
Satz: Otto Gutfreund, Darmstadt
Druck und Bindung: Clausen & Bosse, Leck
Printed in Germany

Inhalt

Vorbemerkung 7

Frühjahr 1976
1. Vom Bahnhof Zoo bis Sulz am Neckar. 9
2. Von Sulz nach Treuchtlingen. 29
3. Judith 48
4. Von Köln nach Köln 68
5. Überall und Jerxheim 87

Sommer 1978
6. Ein Tagebuchanfang 95

Herbst 1980
7. Vom Bahnhof Zoo bis Wanne 101
8. Von Eickel bis Freilassing 120
9. Der deutsche Michel in Seelze und fünf Gespräche 129
10. Von Bayern nach Übersee. 149
11. Nachtrag 161

Vorbemerkung

Ole Reuter, Sohn des 1976 verstorbenen Münchener Unternehmers Friedhelm Reuter, hat mir seine Reisenotizen aus den Jahren 1976 bis 1980 zur Bearbeitung anvertraut. Die Eisenbahn- und Schreibsucht, der wir bei Ole Reuter begegnen, verdient um so größere Beachtung, als es sich offensichtlich trotz aller Tiefpunkte nicht um eine Endstation, sondern eher um den Teil einer allmählichen Gesundung handelt. Die zurückgelegten 30 000 Schienenkilometer waren also nicht umsonst. Dennoch kann ich nur davor warnen, es dem Helden der Geschichte nachzutun. Schon angesichts der ersten Eisenbahnfahrt von Nürnberg nach Fürth hat ein bayerisches Obermedizinalkollegium auf die Gefahr des Delirium furiosum hingewiesen. Bei so exzessivem Bahnfahren wie im vorliegenden Fall sind auch Spätfolgen nicht ganz auszuschließen. Halten wir uns immer vor Augen, daß Reuters Reisen aus einem Defekt entstanden sind, der glücklich beseitigt ist.

Der Genesene ist auf Umwegen schließlich doch noch Lehrer geworden und übt diesen Beruf bis auf weiteres in Übersee aus. Das Schreiben hat er dankenswerterweise zugunsten des Lesens aufgegeben, wodurch ich die Chance erhielt, seine Aufzeichnungen zu einem Buch zu vervollständigen.

Der Autor

Frühjahr 1976

1. Vom Bahnhof Zoo bis Sulz am Neckar

»Davor kann ich nur warnen!«
 Das waren die Worte des Kollegen N., als ich ihm meinen Plan eröffnete, mit einer Netzkarte einen Monat lang kreuz und quer durch die Bundesrepublik zu fahren. Kollege N. hilft mir unaufgefordert mit so manchem Wink und Kniff. Er erkundigt sich stets nach meinen Fortschritten und sagte des öfteren, ich sei genau der Richtige für die Schule.
 »Das bringt nichts«, sagte er jetzt. »Man muß schon wissen, was man will!« – »Und um das zu wissen«, entgegnete ich, »muß ich erst meine Möglichkeiten prüfen.« – »Jetzt, vor dem Examen?« – »Jawohl, jetzt!« Ich hätte, sagte ich, schon lange genug Referendar gespielt und könne von Lernzielen und Urlaubszielen und sonstigem Gezieltem und Geplantem nichts mehr hören. Ich hätte übrigens gar keine Lust, Lehrer zu werden. Ich hielte es für das beste, durch das Examen zu fallen und dann einen Beruf zu ergreifen, in dem ich weder mich noch andere krank machen müsse. Während meiner letzten Worte drehte Kollege N. sich vorsichtig um und sicherte nach allen Seiten. »Herr Reuter!« sagte er beschwörend und machte eine Pause. Dann faßte er mich mit jenem bohrenden Blick ins Auge, mit dem er auch Schüler festzuhalten pflegt, und versuchte leise, aber eindringlich, mich zu retten. Tiefes Verständnis sprach aus seinen Worten, für einen »gewissen Lebenshunger einerseits«, aber auch für meine »nicht auszuschließende Arbeitsscheu«, vor der ich mich lieber hüten solle. Als seine Augen sich zu

Schlitzen verengten und sein Mund von einem pädagogischen Lächeln umspielt wurde – wie bei allen Lehrern, wenn sie merken, daß der Schüler sich ihnen zu entziehen beginnt –, versicherte ich ihm, er meine es gut, und wünschte ihm schöne Osterferien.

Da auch alle anderen Versuche, mich vor meinem Unheil zu bewahren, fehlgeschlagen sind, sitze ich jetzt im Zug Berlin-Hannover und studiere das Kursbuch. Helmstedt, Braunschweig, Hannover, Minden, Herford, Bielefeld, Gütersloh, Hamm – wenn ich in diesem Zug bleibe, bin ich morgen früh um 7 h 46 in Aachen. Zwischen Dortmund und Wanne-Eickel müßte etwa die Sonne aufgehen. Meine Netzkarte gilt einen Monat lang für alle dem öffentlichen Personenverkehr dienenden Züge der Deutschen Bundesbahn und auf allen Buslinien von Bahn und Post. Nur Ole Reuter, geboren am 10. 8. 1947, darf damit fahren. Gestempeltes Lichtbild, Unterschrift.

Griebnitzsee ist schon lange vorbei. Die Grenzer kamen durch den Zug und ließen mich die Brille abnehmen. Mein Paßbild stammt noch von vor zwölf Jahren. Draußen regnet es. Mir ist kalt. Womöglich werde ich krank und fahre morgen wieder zurück. Aber jetzt fällt mir Kollege N. wieder ein. Ich fahre natürlich nicht zurück! Müde bin ich. Wenn ich ein bestimmtes Reiseziel hätte, könnte ich mich auf das dortige Bett freuen. Ich beginne, in den Argumenten, die ich für diese Reise entwickelt habe, nach etwas zu suchen, was einem Bett ähnlich sieht.

Dem Kollegen K. habe ich erklärt, ich wolle von der Bundesbahn alles fotografieren, was demnächst stillgelegt würde, also vor allem kleine Bahnhöfe. Einem guten Freund sagte ich, ich wolle einfach vor mich hin träumen. Einer ehemaligen Freundin kündigte ich an, ich sei auf sexuelle Abenteuer aus. Meiner Mutter schrieb ich, ich suchte das Deutschland meiner Kindheit. Meinem Seminarleiter lief ich erst gar nicht über den Weg. Vater lebt nicht mehr. Ihm gegenüber hätte ich bestimmt versucht, der Sache einen politischen Zweck zu geben. Was hätte ich einer jetzigen Freundin gesagt, wenn es eine gäbe? Wahrscheinlich hätte ich ihr etwas über meine Vorliebe für kleine ländliche Kinos mit benachbartem Wirtshaus erzählt. Die Wahrheit ist, daß ich gern im Zug sitze und aus dem Fenster sehe, meine Phantasie in Gang kommen lasse und allerlei Pläne mache. Das einzige, was mich bisher daran gestört hat, war die Zumutung, irgendwo aussteigen zu müssen, weil die Fahrt zu Ende war. Aus diesem Grunde kaufte ich mir die Netzkarte. So etwas könnte ich sicherlich gerade einer Freundin nicht ohne weiteres begreiflich machen. Wie gut, daß ich keine habe – schon das Erklärenmüssen behindert eine Reise. Die Freiheit soll es sein und keine Fessel, kein Joch – niemals!

An der Abteilwand lese ich: »Eine saubere Eisenbahn geht uns alle an. Wir greifen zum Besen. Wir sagen es den Mitreisenden. Deutsche Reichsbahn.« Irgend etwas läuft mir kalt den Rücken herunter, ein Gemisch aus Geborgenheit und noch etwas anderem. Auch den Kollegen N. sehe ich wieder vor mir mit seinem Lächeln. Ich sehe zahllose Kollegen vor mir, wie sie in Ost und West ihrer schweren Aufgabe nachgehen. Kollegen und Aberkollegen grüßen mich, nicken, lächeln ... Bin eingenickt. Marienborn. Grenzübergang. Regennasser Schotter, Nachtwind. Es nieselt im Schein der starken Lampen, ein Hund bellt. Wenn ich die Richtung meiner Phantasien über einen gewissen, durch Gewohnheit und realistische Einschätzung meiner Möglichkeiten gesetzten Punkt hinaus verlängere, dann ist ein Ziel meiner Reise eine sehr intensive, aber möglichst häufig das Objekt wechselnde Annäherung an das weibliche Geschlecht. Oder, eine Spur kürzer gesagt: ich sinne auf Eroberungen.

Zwei Uhr. Braunschweig ist durch. Vielleicht hätte ich dort schon in irgendeinen anderen Zug umsteigen können. Nein, nur zurück nach Berlin um 2 h 30. Oder nach langem Warten um 5 h 58 nach Jerxheim. Es taucht die Frage auf: was mache ich um 6 h 46 früh in Jerxheim? Aber das ist es gerade, was ich wissen will. Erst wenn man einmal ohne jedes Ziel um 6 h 46 in Jerxheim war, dann weiß man, was daraus werden kann. Vermutlich machen dort um sieben Uhr die Bäcker auf, ebenso in Watenstedt, Schöppenstedt, in Dettum, Wendessen und Mattierzoll. In Jerxheim stelle ich mir das Verzehren eines frischen Brötchens und eine ausführliche Unterhaltung mit der Bäckerstochter als sehr, sehr belebend vor. Ein einzelner Personenname regt die Phantasie nicht an. Hinter einem Namen vermutet man nichts Besonderes: vielleicht mittlere Reife, vielleicht schwarzhaarig, Führerschein, Insasse einer Haftanstalt oder Hausbesitzerin. Anders ist es, wenn man sich die Bäckerstochter in Jerxheim vorstellt. Oder die Müllerstochter in Watenstedt, die Kriminalassistentin in Schöppenstedt, die Lehrerinnen in Dettum oder Wendessen, von Mattierzoll ganz zu schweigen. Ich lese gern im Kursbuch oder im Verzeichnis der Postleitzahlen. Im Telefonbuch hingegen bin ich nie über die ersten fünf Seiten hinausgekommen.

In Hannover weckte mich der Schaffner, nachdem mein Waggon schon mindestens zehn Minuten einsam auf dem Gleis gestanden hatte. Ich bin abgekoppelt. Dann also kein Frühstück in Aachen. Es ist kurz vor drei, und ich stehe mit zwei Reisetaschen und einer Netzkarte auf dem Bahnsteig im Wind. Ich schließe meine Sachen weg und gehe in die Stadt. Kalt ist es.

Fünf Uhr. Zwei Stunden schlich ich in Hannover herum. Erst schaute ich nach etwaigen Mädchen, dann aß ich nur »Berliner Leber« mit Zwiebeln und Apfelscheiben und studierte dabei zwei örtliche Zeitungen, die bis auf die Titelseite ganz gleich waren. Ich verglich sie, um dies festzustellen, durch Nebeneinanderlegen nach dem Motto: »Erkennen Sie die acht Unterschiede.« Der Ober war ärgerlich, weil er nicht wußte, wo er den Kaffee hinstellen sollte.

In Bahnhofsnähe fragte mich plötzlich ein Mädchen, ob ich Feuer hätte. Ich war so verblüfft, daß ich antwortete: »Nicht direkt, ich rauche nicht!« Ich könnte mich ohrfeigen. Nur ein paar andere Worte mit freundlichem Klang, und ich hätte vielleicht den Rest der Nacht im Warmen verbracht, dort wo es am wärmsten ist.

Jetzt sitze ich im Zug nach Göttingen, Abfahrt 5 h 25. Bis Kreiensen wird der Zug rappelvoll, lauter Arbeiter und Schüler – alle gut ausgeschlafen. In Kreiensen steigen alle aus, dann beginnt sich der Zug von Station zu Station wieder zu füllen für Göttingen.

Ab Northeim sitzt mir eine Schülerin mit ruhigen, schönen Augen gegenüber. Ich versuche gar nicht erst, sie anzulächeln, denn ich sehe wahrscheinlich kalkig und stoppelig aus, ein Schreck nicht nur für Kinder. Wo kann ich jetzt bloß drei Stunden schlafen? In diesem Zustand halte ich die Abenteuer, die ich mir vorgenommen habe, schon physisch nicht durch.

Seit Kreiensen geht es mir seltsam: die Stationsvorsteher sehen hier alle gleich aus. In Salzderhelden, in Northeim, in Nörten-Hardenberg – immer sehe ich einen neuen Doppelgänger des Beamten, der schon in Kreiensen die Kelle schwenkte. Erst ganz spät merke ich, daß es immer derselbe ist, der den Zug abfahren läßt. Er springt dann immer selbst schnell noch auf. Wahrscheinlich sah ihm deshalb auch der Schaffner, der meine Karte kontrollierte, so überaus ähnlich. Ich nehme mein Urteil über das Aussehen niedersächsischer Bahnbeamter zurück und behaupte das Gegenteil.

In Göttingen angekommen, schiebe ich mich durch das Schülergewimmel bis zur Bahnhofsgaststätte und frühstücke. Dort sitze ich aber schon wieder zwischen Schülern – es sind die, die zu spät kommen wollen, man merkt es irgendwie. Ist vielleicht die schöne Schülerin aus dem Zug darunter, schwänzt sie vielleicht meinetwegen, damit ich nun endlich das Wort an sie richte? Nein, sie schwänzt nicht, auch nicht mit mir.

Im großen Zug nach Aachen ließe sich's jetzt gut schlafen. Allerdings werden Nachtzüge stets irgendwann zu Frühzügen, erfüllt von morgenfrischen, emsigen Menschen, die mich unter dem Mantel hervorholen, um auf das himmlische Wetter oder das Autowrack oder den Eichelhäher aufmerksam zu machen. Es ist 8 h 10.

Seit einer halben Stunde wandere ich durch's morgendliche Göttingen. Ich erkenne meine alte Universitätsstadt wieder, aber meine Gedanken sind nicht bei ihr, sie sind vielmehr ausschließlich erotisch, vor allem in der Fußgängerzone. Ich überlege, was da zu tun ist. Ob ich einfach ein Mädchen anspreche: »Guten Tag. Haben Sie vielleicht Lust, mit mir zu schlafen?« Das habe ich bis jetzt erst einmal gefragt, mitten in einem Lesesaal in Tübingen – das Mädchen mußte bei der Antwort immerhin leise bleiben. Das war vielleicht der Grund dafür, daß tatsächlich etwas daraus wurde.

Ich pilgere ins Café »Cron & Lanz«, um dies alles aufzuschreiben. Ein paar Tische weiter mir gegenüber sitzt ein Mädchen mit hellen, etwas eng nebeneinanderstehenden Augen. Dadurch bekommt ihr Blick etwas außergewöhnlich Gezieltes. Sie sieht zu mir her. Ich gucke zurück. Wahrscheinlich ist mein Gucken eher ein Stieren oder Glotzen. Sie biegt den Blick von meinem weg und schreibt etwas. Ich nehme mein Heft und schreibe das auf. Als ich wieder hochblicke, sieht sie her, ziemlich lange sogar. Das Gesicht wird immer hübscher. Ich bin es diesmal, der wegschaut. Ich schreibe und versuche, mir ihren Busen vorzustellen. Sie sieht, daß ich schreibe. Je mehr ich das weiß, desto ausfahrender und theatralischer werden meine Schreibbewegungen. Ich schreibe nicht einfach, ich »schreibe etwas nieder«, wie Dichter es im Film tun, Omar Sharif im ›Doktor Schiwago‹ zum Beispiel. Sie schaut immer noch. Ich schreibe schnell weiter, meine Phantasie gleitet an ihren Beinen entlang – sie trägt in meiner Vorstellung rote Strümpfe. Das irritiert mich, denn woher weiß ich das? Trägt sie wirklich welche?

Als sie aufsteht und an mir vorbeigeht – was für ein schöner Gang! Ihre Augen stehen tatsächlich eng nebeneinander, wodurch sie etwas Religiöses, Madonnenhaftes bekommt. Ich überlege, ob ich Katholikinnen im Prinzip verlockender finde als Evangelisch-Lutherische. Sie trägt keine Strümpfe, aber Socken, und die – immerhin! – sind rot. »Zahlen, bitte!«

Seit »Cron & Lanz« sind fast zwanzig Stunden vergangen. Ich ging eine Weile hinter der Madonna her und überlegte, wie ich es anfangen könnte. Noch in der Weender Straße merkte sie es und guckte in die Schaufenster, um den Kurs und die Absichten des feindlichen Schiffes zu studieren. Dann kehrte sie plötzlich um und ging zurück bis zur Barfüßerstraße, schritt schneller aus, steuerte Kurs Ostnordost die Barfüßer- und Friedrichstraße entlang, hielt sich dann nordwärts Richtung Theater, sah sich zweimal prüfend um. Am Theater kreuzte sie zwischen den Schaukästen hin und her, offenbar in der Annahme, neutrales Gewässer erreicht zu haben. Ich ging aber ganz nah hin, sah sie an und sagte: »Sie gefallen mir sehr gut, ich möchte gerne mit Ihnen sprechen.«

Ich finde, daß es mir sehr gut gelungen ist, diese einfachen Worte zu setzen. Sie sagte ziemlich schnell, sie wisse nicht so recht, was sie damit anfangen solle, und sie habe ja auch einen Freund ... Mir fiel darauf nichts ein. Ich stellte fest, daß ich im Grunde sehr müde war. Ich sagte: »Warum auch nicht.« Pause. Dann fragte ich: »Darf ich Sie aber ein Stück begleiten?« Ach, sie führe jetzt sowieso gleich mit dem Bus nach Hause, sie wohne draußen in

Treuenhagen. Ich könne sie gern zur Haltestelle begleiten. Ich begleitete sie. Dabei fragte ich, ob wir uns nicht abends treffen könnten. Sie meinte, sie wolle das doch lieber nicht. Jetzt käme ja auch schon der Bus. Tschüß, und viel Spaß noch.

Das ging mir, obwohl dieses Ende meiner Müdigkeit sehr entgegengekommen wäre, doch etwas zu schnell. Ich stieg daher mit in den Bus, sprach, ich müsse auch nach Treuenhagen, und wußte, daß ich jetzt die Grenze vom rücksichtsvollen, verständnisvollen Menschen zum lästigen Widerling überschritten hatte. In einem Bus ist es nahezu unmöglich, im Stehen jemanden zärtlich zu berühren und sich gleichzeitig bei jähen Bodenwellen und Straßenecken, die man nicht kennt, festzuhalten. Es endet oft damit, daß man sich gerade an der Person festhält, zu der man zärtlich sein wollte, sie gar umreißt und durcheinanderbringt, unverhofft schwängert und ähnliches. Da ich all das vielfach erfahren habe, unterließ ich jeden Versuch, der zu einem bösen Ende hätte führen können, und die Busfahrt verlief ereignislos.

Irgendwo stieg sie aus, und ich mit ihr. Jetzt richtete sie das Wort an mich und fragte: »Ich dachte, Sie wollten nach Treuenhagen?« Sie ging ein paar Schritte, ich folgte ihr und erklärte mich: ich wüßte gar nicht, wo das läge, es ginge mir nur um sie. Sie meinte, ich solle nur einmal sagen, wie ich mir das weiter vorstellte. Ich sagte, ich wolle mit ihr reden. Sie mutmaßte, ich wolle doch bestimmt nur mit ihr schlafen – oder? Ich gab zu, daß ich hin und wieder daran gedacht hätte. Sie antwortete mit einem noch schlimmeren Vorwurf: wenn im Café ein anderes Mädchen näher bei mir gesessen hätte, würde ich jetzt hinter diesem herlaufen und nicht hinter ihr. »Aber das stimmt ja gar nicht!« rief ich und wußte doch, daß es stimmte. Und da mir kein besserer Beweis einfiel, umarmte ich sie, zog sie in den Schatten vor dem Gittertürchen einer alten Villa, vor der wir gerade standen, und küßte sie. Sie nahm meinen Kuß durchaus neugierig und bereitwillig entgegen. Es war ein langer Kuß. Im Garten der Villa erschien ein Gärtner mit Eimer und Rechen. Wir küßten uns immer noch. Der Gärtner blieb stehen. Ein Hund erschien und näherte sich dem Gartentor. Wir küßten uns immer noch. Der Gärtner stellte lärmend den Eimer auf die Fliesen, schaute aber noch her. Der Hund begann mit dem Schwanz zu wedeln. Jetzt machte die Madonna die Augen wieder auf, blickte in den Garten, entzog sich mir blitzschnell, griff durchs Gitter und öffnete das Tor. »Hallo, Papa!« – »Na, mein Schatz?« fragte der vermeintliche Gärtner. Das Tor fiel ins Schloß. Der Hund blieb dahinter stehen und betrachtete mich mit geschärftem Interesse. »Tschüß«, flüsterte das Mädchen und winkte mir mit der Hand so, daß ihr Vater die Bewegung nicht sehen konnte. Dann ging sie zu ihm. Ich sagte nichts. Der Hund bekam einen zunehmend reservierten Gesichtsausdruck. Ich spazierte weiter, als hätte ich mich den ganzen Tag schon auf diese paar Schritte unter den alten Bäumen gefreut. Dann ging ich noch einmal zurück und suchte am Gartentor nach einem Namen. Ich fand keinen und beschloß, am frühen Abend wieder herzukommen. Das tat ich auch, aber ohne irgendeinen Erfolg. Die Villa war völlig dunkel, nicht einmal der Hund gab Laut. Abends fand ich mich in einem Pornofilm wieder, der mich fürs erste von erotischen Vorstellungen kurierte. Ich ging bereits nach der Hälfte. Im Hotel schlief ich zehn Stunden lang.

Heute morgen bekam ich eines jener berüchtigten Frühstücke für sechs Mark: zwei Brötchen, zwei Winzigkeiten mit den Bezeichnungen ›Konfitüre‹ und ›Markenbutter‹ und ein Kännchen mit einer Sorte Kaffee, die ich nie für möglich gehalten hätte. Durch das Danebenlegen einer Illustrierten vermochte ich die karge Mahlzeit ein wenig zu strecken. Die erste Zeile, die mir ins Auge fiel, lautete: Entdecken Sie die Liebe neu! »Abgemacht!« murmelte ich.

Jetzt sitze ich im Intercity »Mercator« nach Freiburg und Basel. Er führt nur die Erste Klasse, daher zahle ich einen Zuschlag bis Freiburg. Außer mir sitzen hier drei jüngere Geschäftsleute mit halbdunklen Anzügen. Jeder hat einen sehr flachen, sehr geraden Diplomatenkoffer bei sich. Einer liest eine französische Zeitung. Vater fuhr nie im Zug, immer nur mit Firmenwagen und einem Chauffeur, den er zur Eile antrieb. »Zeit«, sprach er, »ist das einzige, was wir nie wieder herausbekommen.«
Der Zug fährt an der Leine entlang und dann über Fulda weiter. Mit Kassel ist es also leider nichts. Dort wäre ich wahrscheinlich ausgestiegen. Im Park des Schlosses Wilhelmstal in Kassels Nähe lag ich vor Jahren und las ›Geschichte und Klassenbewußtsein‹ von Georg Lukács. Ich wohnte in einem Gasthaus, das mir sehr gefiel. Das Haus roch dezent nach feuchten Wänden, die Tapeten deuteten, als ich in der Mitte eines Zimmers stand, eine leichte Verbeugung an. Ich aber las auch dort unbeirrt weiter, im Schein einer immer wieder einnickenden Nachttischlampe, halb versunken in die Bettengruft. Alles schien mir für ein Buch über Revolutionen ganz die richtige Umgebung. Heute ist mir, als ob der Park, das Gasthaus und vor allem dieses Zimmer sich für kühne erotische Experimente mehr geeignet hätten, vom Bett selbst vielleicht abgesehen.

Leider sitze ich nicht in Fahrtrichtung, aber immerhin am Fenster. Viele Einfamilienhäuser haben im Windfang neben der Eingangstür vier bis sieben bunte Glasziegel, unsinnig gruppiert wie verlorene Eier. Allerdings unterscheiden sich die Häuschen oft nur durch die Anordnung dieser Glasziegel. Ich fühle, wie mein Herz für die in diesen Häuschen gefangengehaltenen, tagaus-tagein staubwischenden und WC-reinigenden Hausfrauen zu schlagen beginnt, die Damen mit den engen Röcken und dem Teint, die gepflegte Hand am Staubsaugergriff. Sauberkeit stellt für mich eo ipso eine massive Herausforderung dar. Als ich mich einst während des Studiums als Vertreter für ein rotes Plastiklexikon mit Goldprägung versuchte, gab ich mir einmal die größte Mühe, einer jungen Ehefrau im Bezirk Steglitz ihre ganz und gar unbegründete Scheu vor Vertretern zu nehmen. Es begann damit, daß ich über ihr Aussehen ein paar wohlüberlegte Worte sagte. Damit meinte ich vor allem ihren hübschen Hals, der den Blick auf die wunderbaren Schlüsselbeine und in einen zartrosa Ausschnitt lenkte. Bevor ich das aber präzise sagen konnte, bezweifelte sie schon die Aufrichtigkeit meines Kompliments. »Schließlich komme ich gerade aus dem Krankenhaus, ich bin an der Galle operiert worden. Stellen Sie sich vor: acht Steine!« – »Toll!« entfuhr es mir, während ich insgeheim rätselte, wieviel Steine man wohl normalerweise hätte. »Wollen Sie mal sehen?« – »Was, die Narbe?« fragte ich, »aber unbedingt!« – »Nein, die Steine. Warten Sie mal!« Sie holte ein Glasdöschen und zeigte mir acht entzückende Gallensteine – es waren die ersten, die ich je gesehen hatte, und ziemlich grün. Später zeigte sie mir dann auch noch das, was ich von Anfang an bei ihr vermutet hatte: das Lexikon. Sie besaß es bereits. Sie verabschiedete mich dann rasch und riet mir, nicht Vertreter zu bleiben. Ich dachte an die Gallensteine und versprach es.

Ich registriere, was draußen alles vorbeikommt: Wohnmaschine, Lagerplatz, Kabeltrommeln, ausgediente Waggons (jemandes Zuhause), eine alte Wassermühle, eine riesige Buche, Heuschober, Isolatoren. Die sexuellen Einfälle, die mit jeder der genannten Einzelheiten sich verknüpfen, lassen mich selber staunen. Signalmaste, Bahnsteige, Gepäckwagen, das Stationsschild »Bebra«, das Schild »Grenzkontrollstelle«. Wieso? Ich sehe in die

Karte. Tatsächlich, ich bin hier nahe dran, Gerstungen liegt schon drüben. Ich bin wieder ein wenig verblüfft über die Schmalheit der Bundesrepublik, bin es aber gleichgültigen Herzens. Als Kind sah ich Vorkriegskarten, die prägten sich ein. Das Deutsche Reich war gebaut wie ein Wappenlöwe mit viel Brust und Schultern. Die Beschriftung zog sich im Halbkreis von Südwest nach Nordost. Vom Oberrhein bis Kassel lag »Deut«, die heutige DDR hieß »sches«, dann kamen »Re« und »ich«, durch einen Korridor getrennt. Als Kind hielt ich auf Besitz: das war alles »Mein Land«.

Bad Hersfeld. Beackerte Hügel schwingen sich hin bis zum Horizont.

Das Bahnfahren gibt viel Überblick. Jetzt, im Vorfrühling, erkennt man gut die nackte Form der Landschaft. Von der Straße aus muß man so vieles beobachten, was nur ihretwegen so aussieht – von den Verkehrsschildern ganz abgesehen. Der Bahn zeigen die Städte und Dörfer ihr altes und hübsches Gesicht, der Straße dagegen alles, was neu ist. Und die Reklame. Die Bahn gehört längst zur Landschaft und hat Gewohnheitsrecht. Sie fährt mitten durch die Obstanger alter Bauernhöfe, man sieht die Kinder mit dem Esel spielen, die Hühner scharren, die Katze schleichen. Man sieht die beiden Gänse auf dem Kühler des stillgelegten blindäugigen Mercedes Diesel unterm Birnbaum. Die Leute beachten die Bahn nicht, denn diese wird in keinem Fall ihretwegen anhalten. Sie ahnen nicht, daß ich trotz der hundert Stundenkilometer alles sehe. Sogar, daß es ein Diesel war.

»Burghaun.« Viele kleine Häuser am Berg. Oben ein Antennenmast. Oder ist es eine Fahnenstange? Hochspannungsleitungen. »Hünfeld.« Eine Likörfabrik und eine neue Kirche. Ich finde, Betonkreuze taugen nichts. Jetzt Gewächshäuser, Wege mit Zaunpfählen, die angenehm krumm stehen. Noch fünf Minuten bis Fulda. Wir fahren durch den Wald.

Es ist seltsam, jemanden zu betrachten, der aus einem fahrenden Zug in den Wald schaut. Das Auge nimmt nicht einfach alles auf, was vorüberfegt, sondern muß von Einzelheit zu Einzelheit springen. Die Augen meines Gegenübers sind nach draußen gerichtet und flackern unablässig. Das gibt seinem Blick etwas Aufgescheuchtes, Dramatisches. So ähnlich guckt eine Katze durchs Gartentor, wenn hintereinander fünf Feuerwehrwagen vorbeifahren. »Götzenhof.« Bahnarbeiter werkeln an der Böschung. Jetzt kommen Schrebergärten, ein Hang mit Hochhäusern, darunter Bungalows. Raiffeisen, Fabrikschlot. In einem Auto kann man Beschleunigung nicht genießen. Schaut man zum Seitenfenster hinaus, dann wird man unruhig – die sichere Schiene fehlt.

Gemüsegarten, Autofriedhof, Häuser, Häuser – Fulda! Noch ein Geschäftsmann, jetzt sind wir zu fünft. Auf dem Nebengleis steht ein Kurswagen »Kulmbach-Fulda«.

Die riesigen Gitterarme von Hochspannungsmasten haben einen ähnlichen Reiz wie große, alte Eisenbahnbrücken oder der Eiffelturm. Neuhof. Kabeltrommeln. Wieder ein Hügel mit Sendemast. Ein Güterzug versperrt für endlose Zeit die Sicht, danach – Frieden. Nein: »Flieden«. Eine Straße mit Birken nähert sich erst zaghaft, dann immer schneller, stürzt auf den Bahndamm zu, entledigt sich hastig der Birken und verschwindet unter mir in einer Unterführung. Jetzt ist mein Zug selbst in einem Tunnel. Warum riecht es plötzlich durchdringend nach Mottenpulver?

Hier irgendwo muß in Römerzeiten der Limes gestanden haben, ein Palisadenzaun. Hanau. Ein sonnendurchfluteter, kohlenverstaubter Ziegelbahnhof – oder war das gar nicht Hanau?

Die Reise beginnt jetzt richtig zu laufen, obwohl ich

mich durch den Erster-Klasse-Zuschlag bis Freiburg festgelegt habe. Allein der Gedanke, auf irgendeinem Bahnhof schlagartig Freiburg aufzugeben und einen anderen Zug zu besteigen, um heute abend in Donauwörth, Xanten, Miltenberg, Mainz oder Passau zu sein! Schon das Ändern von Plänen ist schön, ich aber brauche gar nicht erst Pläne zu machen. Ich brauche überhaupt nicht nachzudenken, ich habe es nicht nötig. Augen und Ohren genügen. Ich kann mich dem Zufall anvertrauen und in unregelmäßigen Abständen je nach Lust den Zug verlassen, um einen anderen zu nehmen, der als nächster aus dem Bahnhof fährt. Wartezeiten nutze ich, um mich in den Städten und Dörfern umzusehen (und nicht nur das!). Ich werfe einen Blick ins Kursbuch. Mein Auge wandert über Hunderte von morgendlichen, nachmittäglichen und abendlichen Bahnstationen hin, erfüllt vom Ticktack hübscher Stöckelschuhe und dem freundlichen Stimmengewirr abreisender Studentinnen, umsteigender Arzthelferinnen, heimkehrender Kellnerinnen und verirrter Schauspielerinnen, eine zur Oma fahrende Jerxheimer Bäckerstochter nicht zu vergessen.

»Frankfurt.« Aus meinem Zug steigen nur Männer aus, auch zwei von meinen vier Abteilgenossen. Was Frauen anbelangt, ist dieser Zug eine Pleite. Wieso gibt es keine Geschäftsfrauen, die in wichtiger Mission von ihren Firmen per Erster Klasse durch die Bundesrepublik geschickt werden? Ich gehe in den Speisewagen. Die Serviererin vergißt mein Frühstücksei. Ich brauche nur Sekunden, um zu wissen, wie sie es wieder gutmachen könnte. Aber sie bringt dann doch lieber das Ei. Mir gegenüber sitzt ein Geschäfts-Opa, ein echter Senior. Das Altwerden besteht wohl unter anderem darin, daß man alles, was einem früher ziemlich schwer fiel oder schwer gemacht wurde, jetzt ohne großen Kraftaufwand beherrscht, ausgenommen einige körperliche Schwierigkeiten, die aber gar nicht so wichtig sind. Das einzige, wovor man Angst hat: daß eine Krankheit einen endgültig umwerfen könnte. Als Junge, sagt er, ist er von zu Hause fortgelaufen. Wenn man alt ist, braucht man das nicht mehr, dann sorgt man dafür, daß die anderen davonlaufen. Er schmunzelt mit tausend Fältchen und trinkt seinen Roten. Wir kommen auf die Nazi-Zeit. »Den Einzug in Wien hätten Sie erleben sollen.« Ich sage, es läge auch viel am Zeitgeist. Wenn ich dreißig Jahre früher geboren wäre, dann hätte ich mich damals vielleicht auch der NSDAP angeschlossen. Er reicht mir die Hand, sieht mich an und sagt feierlich: »So wie Sie sind nicht viele junge Leute.« Ich fürchte sofort, daß er mich nicht verstanden hat.

»Ich meine, dann wäre ich ja auch nicht *ich*!« erkläre ich. »Wenn ich heute an die Juden denke, ich, heute – –«

Seine Fältchen ordnen sich ruckartig zu großem Ernst. Er stimmt zu. Ich frage ihn lieber nichts mehr.

»Mannheim.« Ehemals eine kurpfälzische Residenz. Eine sehr junge Stadt, anfangs vorwiegend von geflüchteten niederländischen Protestanten bewohnt, in der napoleonischen Zeit kurze Zeit französisch. Auf dem Bahnsteig ein vollbusiges Mädchen mit Strickjacke. Auf dem Nebengleis ein Wagen aus Neckarelz. Es ist 11 h 17. Der Zug fängt jetzt an zu rasen. Ich bin wieder im Abteil. Draußen ausgedehnte Kiefernwälder. An den Wegen, die in sie hineinführen, ragen große Schilder, auf denen in sehr kleiner Schrift sehr vieles steht. Ich bemühe mich, mir einen unanständigen Text auszudenken, der dort stehen könnte, aber ich lasse bald davon ab. Schilder von Truppenübungsplätzen eignen sich nicht dafür.

Ich fragte vorhin den Schaffner, ob man aus diesem Zug mit Paris telefonieren könne. Dann ging ich hinaus und überlegte, ob ich nur auf die Toilette gehen sollte. Kurz entschlossen rief ich dann wenigstens die Stadtbibliothek in Berlin-Spandau an und ließ ausgeliehene Bücher verlängern. Als ich wieder ins Abteil kam, zog draußen das Schild »Waghäusel« vorbei. Hier gab es 1849 eine

Schlacht zwischen den Preußen und dem badischen Revolutionsheer. Es war das Ende der Revolution. Jetzt eine düstere Bahnhofshalle mit silbern schimmernden Vorortzügen: Karlsruhe. Mein Gott, aus wieviel Eisen die Eisenbahn besteht! Das haben die Menschen alles im 19. Jahrhundert zusammengekarrt und gegossen und verschraubt und vernietet. Alles, was das 19. Jahrhundert uns hinterlassen hat, ist ungeheuer massiv.

Baden-Oos. Alte Kachelofenfabrik. Frühling.

Offenburg. Es gibt nichts Frühlingshafteres als rostbraunschwarze Bahnhofsanlagen vor knospenden Bäumen, beschienen von praller Sonne. Die Menschen sind noch hellgesichtig, weißhalsig und bleicharmig und gleißen im Licht. Braungebrannte Sommerfiguren reizen mich weit weniger. Hier deckt man ganze Felder mit durchsichtigen Plastikbahnen ab, sie glitzern gegen Mittag zu wie ein See ohne Böschung.

Freiburg. Die Schule ist aus, es schwirrt nur so von Kindern. Wahlplakate mit Brillen und Köpfen. Seltsame Brillen! Hinter so einem gediegenen Stück befindet sich ein Gesicht gleichsam in Deckung. Freiburg wurde von einem Zähringerherzog gegründet, später war es Besitz des Grafen von Urach, wurde dann unabhängig. In neuerer Zeit gehörte es acht Jahre zum Herzogtum Modena. Napoleon.

In einem Buchladen sehe ich ein Kursbuch für Fronturlauber. Reprint. Ist das Bahn-Nostalgie oder Kriegs-Nostalgie? Ich habe eine Idee. Vielleicht wäre mit den gesammelten Wetterberichten der Zeit von 1939 bis 1945 ein Geschäft zu machen? »Zu Beginn des Polenfeldzuges war das Wetter sonnig und trocken ...« oder »Während der Schlacht von Stalingrad wirkte ein Hochdruckkeil aus Nordosten wetterbestimmend. Bei schwachen Winden und geringen Niederschlägen für die Jahreszeit zu kühl«.

Ich sitze im Wirtshaus. Stundenlang könnte ich den

satten Stimmen der Gäste zuhören, zuversichtlichen Worten, gesprochen vor dicker dunkler Holztäfelung nach einem guten Bissen. Zumal ich selbst mit Vorfreude auf die Mahlzeit warte. Der Ober hat mich vergessen.

Hier in Baden gibt es Leute, die ihre Stimmen, Gesichter und Hände mit großer Selbstverständlichkeit, wie unmittelbar von innen heraus, in staunenswerter Weise bewegen.

Hunger!

Eine Spinne läuft über das karierte Tischtuch, in rasender Eile. Dann bleibt sie eine endlose Zeit wie erstarrt sitzen. Kann man sich vorstellen, was in einer Spinne vorgeht? Begriffe wie »Eile« oder »Geduld« versagen völlig. Der Spinne fehlt übrigens ein Bein. Eigentlich müßte sie perfekt im Kreise laufen. Aber jetzt prescht sie weiter, wie sie gekommen ist: schnurgerade. Endlich, mein Essen!

In Freiburg fließen echte Bäche zwischen Bürgersteig und Fahrbahn entlang. Die Luft kommt mir bekannt vor. Es scheint wirklich Frühling zu sein.

Eines der Wirtshausschilder zeigt einen schön gemalten Stiefel. Das Schild ist von seltener Art, denn es soll nicht sagen, »ein Stiefel« oder »dieser Typ von Stiefel«, sondern »dieser einzelne Stiefel hier, in eigener Person«. Auf dem Domplatz sitze ich in der Sonne. Die Kellnerin fragt mich 15 Minuten nach meiner Kaffeebestellung, ob ich einen Wunsch hätte.

Ich stelle mir vor, wie einer im Lauf der Jahre immer unsichtbarer wird. Es fängt ganz harmlos an. Auf Bahnhöfen fahren die Gepäckfahrzeuge immer unbeirrter auf ihn zu, an den Kassen der Supermärkte stehen Käufer plötzlich vor ihm, die sich vorher weit hinter ihm angestellt hatten. Die Servierfräulein und Ober bedienen ihn stets erst spät und sagen dann, sie hätten ihn nicht gesehen. Er hört täglich mehr Entschuldigungen, wird aber auch täglich mehr getreten, gerempelt, weggedrängt, gefährdet und vergessen. Eines Tages ruft er im Café: »Bitte zahlen!« – »Sofort!« antwortet der Ober. Nun aber bemerkt er, daß dieser offenbar die größten Schwierigkeiten hat, ihn zu sehen, denn er sucht auf unauffällige Weise nacheinander alle Tische ab – unter dem Vorwand, dort abzuräumen, zu bedienen oder Krümel abzuwischen –, um herauszufinden, woher die Stimme des zahlungswilligen Gastes denn gekommen sei. Nach diesem Erlebnis beschließt der Mann, sich zur eigenen Sicherheit auf Dauer mit einer Person zusammenzutun, die besser zu sehen ist als er. Alles scheint nun geregelt, aber bereits nach der Trauung kommt es wieder zu eigentümlichen Verwechslungen, die Dame verläßt mit einem anderen die Hochzeit. Auch seine Leiche wird nie gefunden, obwohl alle sich die größte Mühe geben, wenigstens die zu sehen. Endlich, da ist ja der Kaffee!

Wenn ich vor mich hin schreibe, merken das immer wieder andere Leute, etwa am Nebentisch, und spähen interessiert oder mißtrauisch herüber, um mich dann wieder zu vergessen. Ich glaube, was immer einer tut, wird bemerkt, ob er nun stiehlt, schreibt, flüchtet, liebt oder mordet und ganz gleich, wie verborgen er es tun will. Die Leute merken alles, aber wo tun sie's dann hin? Was denken sie nach dem Merken?

Ab 17 h 22 sitze ich im Zug nach Titisee. Er fährt in südlicher Richtung aus Freiburg heraus. Holzrauch dringt aus abendlichen Schrebergärten. Mit mir sitzen jüngere Arbeiter und Angestellte im Waggon. Sie steigen nach und nach in Wiehre, Littenweiler, Kappelertal und Himmelreich aus, Kirchzarten nicht zu vergessen. Hinter Hirschsprung sehe ich zum erstenmal Schnee.

Irgendeine Bahn hieß früher der »Pängel-Anton«, weil so viel geläutet wurde. Mein Zug rattert und pfeift. Bis zum Bahnhof Posthalde versuche ich einen schönen lautmalenden Namen für ihn zu finden, bringe es aber nicht weit. Posthalde ist ein bemooster Bahnhof. Auf den obersten Baumwipfeln hängt noch etwas Sonne. In Feldberg-Bärental steigen Leute mit Skiern ein. Die Alemannen sprechen die letzten Worte jedes Satzes viel langsamer als die ersten. Außerdem hört es sich dauernd so an, als ob sie über einen gewissen Oimel berichten, und über den Sohn Oimel, die Tochter Oimel, kurz, die ganze weitverzweigte Familie – es geht um Vermögenswerte, wenn ich recht verstanden habe. Jetzt kommt der Ort »Aha«. Ich kann nichts dafür. Der Zug fährt an einem gefrorenen See entlang. Steiniges Ufer mit riesigen Findlingen. »Schluchsee.« Ich steige hier ganz einfach aus.

Nach einer langen Schreibpause sitze ich in einem Bus, der spätvormittags von Neustadt nach Donaueschingen fährt. Eigentlich wollte ich mit der »Höllentalbahn« dorthin fahren, aber die ist so gut wie stillgelegt. Vor und hinter mir sitzen stadtfahrende Schwarzwälder und schwätzen freudig alemannisch.

In Schluchsee schlief ich in der Jugendherberge. (Als Lehrer besorgte ich mir Anfang des Jahres einen »Seniorenausweis«.) Außer mir nächtigte dort kaum jemand. In den See warf ich einige Steine. Er trägt nicht mehr eine Eis-, sondern nur noch eine Matschdecke. Ich sprang von Stein zu Stein am Ufer und an der Bahn entlang. Nahe der Herberge führte ein Fußgängersteg über die Gleise. Ich sah von oben, wie der kleine Zug durch die Hügel herankurvte.

Hier sagt man zum Abschied »Adde«, mit Betonung auf der ersten Silbe. Ministerpräsident Filbinger blickt verpflichtend von jedem Scheunentor. Ein Bussard kreist über der Schonung. Bienenhäuser. In Döggingen fährt ein Mädchen mit langen blonden Haaren auf einem Mofa. Beim Bremsen spreizt sie die Beine nach vorne wie zu einer Landung – es sind sehr schöne Beine! 11 h 15. Wie komme ich von Donaueschingen nach Tübingen? Ich wälze ratlos das Kursbuch, denn ich bin noch keineswegs kapitelfest. Den E 3706 der Linie Singen (am Hohentwiel)–Stuttgart brauche ich nicht erst durch Umsteigen in Rottweil um 13 h 43, sondern kann ihn bereits in Villingen nehmen, wo ich um 12 h 51 dem Zug aus Donaueschingen entsteige. Nachdem ich diesen Satz geschrieben habe, empfinde ich es als Glück für mich und andere, daß ich nicht Bahnbeamter bin und den Leuten die Verbindungen erklären muß. Ihr Jammer würde durch meine Erläuterungen nur immer ärger, und schließlich könnte nur noch eine Netzkarte sie überhaupt vom Fleck bringen. In manchen Fällen würde ich freilich raffiniertschüchtern hinter meinem Schalter hervorschauen und sagen: »Heute hat es keinen Sinn mehr. Morgen früh kommen Sie besser weg. Ich kann Ihnen sofort ein gutes Bett besorgen.« Und dann kommt die Stunde meines alten, schon beinahe stillgelegten Kleinbahnhofs, der zwar ziemlich ungeheizt, aber sehr gemütlich ist. Die Bürger der Stadt sehen plötzlich wieder alle Lampen brennen und studieren verstört den Fahrplan. Das alte Gewölbe aber hallt von Lustschreien wider, wie zu der Stunde im Jahre 1887, als es mit zwanzig Ehrenjungfrauen eingeweiht wurde. (Was eigentlich ist eine Ehrenjungfrau, wozu dient sie, und warum weiß ich das nicht?)

In Marbach steigen drei Bundeswehrsoldaten in Zivil ein. Einer trägt auf einem schlanken, muskulösen Oberkörper ein weißes Seidenhemd. Dazu hat er ein braunes, blühendes Gesicht mit Milchbart – eine Sonne von einem Schwaben! Hübsche Mädchen sehe ich überhaupt nicht, hier gedeihen wohl mehr die Männer. Sogar der Schaffner ist ein ausgesprochen schöner Mensch. So sahen im Heimatfilm der fünfziger Jahre die Förster aus. Vor Talhausen führt eine überdachte Holzbrücke über den Neckar. Das Dach schützt die geduldigen Flußangler vor Regen, Schnee, Hagel und was sonst von oben kommt, bis die

Fische beißen. Der Bussard am Feldrain hat eine Maus erwischt. Wildes Hüpfen, Hacken und Flügelschlagen. Ein Idyll ist, wenn jeder das tut, was in Brehms Tierleben über ihn geschrieben steht. Davon, daß er das Erwartete tut, geht die beruhigende Wirkung aus. Sogar Raubvögel bekommen etwas Liebenswürdiges, wenn sie nach Raubvogelart unsanft verfahren.

»Sulz am Neckar«. Zwei Mädchen steigen ein, mit roten Bäckchen, frisch miteinander schwäbelnd, mit neugierigen, freundlichen Augen. Mein innerer Raubvogel wird wach. Die Schwaben sind seelisch alle irgendwie übermäßig gesund.

2. Von Sulz nach Treuchtlingen

Die Mädchen stiegen in Horb aus. Die eine lachte mich noch einmal freundlich an. Das vermutete ich jedenfalls, ich hatte die Brille abgenommen. (Dann nämlich sehe ich besser aus und die anderen auch.) In Horb hatte ich Aufenthalt, ging in die Stadt und fotografierte herum. Was es war, werde ich ja dann auf den Abzügen sehen.

Wie werde ich nach zehn Jahren Tübingen wiederfinden? Ich glaube, für die junge Mutter dort drüben bedeute ich mit meinen interessierten Blicken – ohne Brille – zweifellos eine Anfechtung. Nach einigem erwartungsvollem Zurückgucken (ich nehme an, es ist erwartungsvoll), setzt sie sich erst mit dem Rücken zu mir, dann geht sie mit dem Kind zusammen hinaus, vermutlich um auszusteigen – alles natürlich meinetwegen. Ich sollte ihr nachgehen und sie um die Taille fassen. Zwischen Horb und Mühlen sehe ich mit der inzwischen wieder aufgesetzten Brille einen großen Viereckshof mit burgähnlich dicken Mauern und silbrigen Schindeln. Die Mutter mit Kind kommt jetzt errötend von draußen wieder herein. Schnell setze ich die Brille wieder ab. Sie hat es sich also überlegt, sie ist nun entschlossen, sich mit mir einzulassen. Oder war sie etwa nur mit der Kleinen auf dem Klo? Sie hat runde Hüften und beglückende Knie. Unter der Bluse wippt es. Ach, laß wippen! Außer meiner Phantasie blüht nicht viel.

Was sieht man aus dem Zugfenster? Eyach? In der Hand welcher Brauerei befindet sich Eyach? Haigerlocher Schloßbräu? Kein Ort ist hier ohne Baukräne. Bieringen, Bad Niedernau – überall dasselbe. Wie haben die bloß früher ihre Häuser gebaut? Manchmal verliere ich die Illusion, überhaupt etwas zu sehen. Doch, da im Waldhügel ist ein riesiger Steinbruch mit waagrechten Gesteinsschichten, die wie beschriftete Zeilen aussehen. Der Hügel hat sich geöffnet und läßt in sich lesen. Mitten in der Wiese steht ein großes Roß und schüttelt ausdauernd den Kopf. Kilchberg. Irgendein Schlößchen. Tübingen nähert sich. Der Zug fährt Schlangenlinien, um es spannender zu machen. Wollte ich vielleicht überhaupt nur nach Tübingen?

Eine Stunde später. Ich verkroch mich in ein Gasthaus in der Nähe der Neuen Aula. Tübingen erscheint mir schlicht entsetzlich. Die Stadt ist ein Ungeheuer geworden, das die Zähne nach mir fletscht. Lauter neue Gebäude sehe ich, der Verkehr ist lebensgefährlich, riesige Mengen von Studenten strömen herum. Vor der Mensa werde ich angebettelt, auf dem Bürgersteig beinahe überfahren. Ich überlege, ob abreisen nicht besser wäre. Schließlich bin ich auf der Durchreise. Aber ich sollte mir genau überlegen, warum mir nicht wohl ist. Ich sollte gespannt darauf sein, wie und wodurch mir irgendwann wieder besser wird.

Ich lese zunächst stehend das ›Schwäbische Tageblatt‹

im Schaukasten unten am Neckarufer – keine Wirkung. Obwohl dies mitten in einem Mückenschwarm geschieht. Ich esse Schweinsfilet mit Spätzle – normalerweise eine substantielle Hilfe. Nichts! Ich lese eine Stunde lang im gültigen Vorlesungsverzeichnis, mit vollkommen negativem Erfolg. Ein Gedanke: Sollte ich zur Domäne Einsiedel hinausfahren und wieder einmal ganz um die Hochfläche herumlaufen, immer am Waldrand entlang, wie damals, wenn ich das Gefühl hatte, nichts mehr zu verstehen? Aber wie soll ich dort hinkommen, woher die Sportschuhe nehmen, und wer garantiert mir, daß auf der Hochfläche nicht schon längst die Neue Heimat zugeschlagen hat?

Besser ist's, ich mache Pläne. Das beruhigt. Mein Jammer kommt sicher auch daher, daß die anderen etwas Vernünftiges tun – sie bereiten sich zum Beispiel auf das Examen vor –, während ich mit der Bundesbahn eine Art Roulette spiele, in die Landschaft blicke und auf Wunder warte. Wenn es Wunder gäbe, wäre meine Methode sehr geeignet, um sie zu erwarten. Da es aber keine gibt, mache ich einen Plan.
Schule. Ich bleibe in der Schule.
Politik. Ich trete in eine Partei ein.
Familie. Ich trete in die Ehe ein.
Hobby. Ich fotografiere stillgelegte Bahnhöfe und lege ein Album an. Ich sammle die Wetterberichte der Jahre 1939 bis 1945. Ich erlerne das Mundharmonikaspiel und gewinne mir die Herzen.
Ich müßte versuchen, mit jemandem über meine Probleme zu reden. Aber das ist nicht so einfach. Da mir das Gespräch mit Männern in der Regel nicht liegt, werde ich eine Frau fragen, aber möglichst keine so schöne.

Sie saß allein in einem Café, und ich redete sie mit »Sie« an. Ich fühlte, daß sie Selbständigkeit besaß, das schien mir wichtig, wenn sie mir helfen sollte. Daß sie so ungeheuer viel davon besaß, war zunächst noch nicht abzusehen. Ihr Gesicht war breit, ihre Frisur eher langweilig, ihr Körperbau pyknisch. Fern lag alles Erotische – jedenfalls was mich persönlich anging. Ich faßte mir ein Herz und sprach den Mitmenschen an: »Darf ich mich zu Ihnen setzen und mit Ihnen reden? Ich habe ein Problem – aber ich weiß natürlich nicht, ob es Sie interessiert, wenn nicht, sagen Sie bitte sofort Bescheid ... ja?«

»Würde es Ihnen helfen, wenn wir zusammen schlafen gehen?« – »Wie bitte?« – »Wollen Sie mit mir pennen? Sagen Sie doch ruhig: ja oder nein?« fragte sie freundlich. »Nun ja, freilich, warum nicht«, entgegnete ich zögernd. Sie lächelte noch eine Spur freundlicher, erhob sich und marschierte zum Ausgang. Dort drehte sie sich um und lachte: »Kommen Sie, kommen Sie!« Ich folgte ihr in heilloser Verblüffung. Sie war wirklich alles andere als hübsch. Sie bewegte einen beträchtlichen Hintern in ihren abgetragenen Jeans. Ihre Beine waren kurz, sie war insgesamt bei weitem kleiner als ich. Ihr Oberkörper war von einem Pullover und einer Jeansjacke so umwabert, daß außer einem sehr stabilen Gesamteindruck von ihrem Körperbau nicht viel auszumachen war. Draußen wandte sie sich zu mir und meinte: »Vielleicht wunderst du dich ein bißchen, aber ich rede nicht gern lange herum, und du gefällst mir ausgesprochen gut. Außerdem bin ich so scharf wie eine Sense.« Bei dem letzten Wort zuckte ich etwas zusammen und entschloß mich nun doch zur Selbstverteidigung. »Ich möchte dich ja nicht gern enttäuschen, aber ...« – »Was?« fragte sie, »du meinst, du kriegst ihn nicht hoch? Da mach dir mal keine Sorgen, das wäre bei mir das erste Mal!« Vor so viel Potenz begann ich die Waffen zu strecken. Schließlich, wie ich ja selbst schon gesagt hatte: Warum nicht?

An der Ampel am Lustnauer Tor – der Name verknüpft sich für immer mit dem, was dann kommen sollte – lächelte sie mich an und sagte ermunternd: »Nun sei mal nicht schüchtern, ja?« Sie griff meine Hand und führte sie, unter der Jeansjacke hindurch, um sich selbst herum und achtete darauf, daß sie an der richtigen Stelle lagerte. Wir gingen auf den Österberg, den ich bisher fest im Besitz der Burschenschaften und Corps gewähnt hatte, betraten dort ein Haus auf dem südlichen Teil und erreichten darin ein Zimmer, wo sie sich ohne Umschweife, freudig und mit sachkundigem Engagement meiner bediente. Sie war stämmig, breit, aber fest und vital von Kopf bis Fuß. Ich vermute, daß sie es in mindestens drei Sportarten zu Höchstleistungen bringt, diese hier war jedenfalls eine davon. Mir war erstaunlich, daß ich alles mit Selbstverständlichkeit und Eifer mitbesorgte, voller Anerkennung und Einverständnis mit einem Menschen, der wußte, was er wollte und wie er es bekommen konnte.

Danach tranken wir Bier. Das Zimmer war hübsch eingerichtet, enthielt aber viele Bücher. Trotz des bohrenden Verdachts, an eine Psychologin geraten zu sein, wollte ich nicht wieder gehen, ohne meine Frage gestellt zu haben: »Ich weiß nicht, ob ich als Lehrer an die Schule gehen soll oder nicht.«

»In welche Schule?« fragte sie, »in Stuttgart oder hier?« – »In Berlin.« Ihr Interesse verringerte sich sichtlich, und sie antwortete unter Verzicht auf theoretische Begründungen aller Art: »Laß es bleiben. Ich unterrichte seit acht Jahren Sport und Bio.«

Wir trennten uns kameradschaftlich, und ich bin sicher, daß sie die kommende Nacht nicht allein verbringen wird. Nun ist manches wieder im Lot, die Phantasien tasten sich langsam voran, statt dessen hat die Wirklichkeit ein Wort gesprochen, wenn ich mir meine Eroberungen auch etwas anders vorgestellt habe.

Die zweite Unterhaltung des Abends war das genaue Gegenteil der ersten: gedankenreich und etwas uferlos.

Ich sprach mit einem Assistenten oder Dozenten meines Alters, der mit herzlich-verschmitzten Augen unentwegt Gespräch und Anregung suchte. Seine Neugier auf mein Woher und Wohin war grenzenlos. Ein glückliches Naturell: was ihm behagt, findet er »wunderbar«, was ihm nicht behagt, ist ihm – glaubhaft – Wurst. Fröhliches Vertrauen hat er zu allen eigenen und fremden Einfällen, die etwas albernen mit eingeschlossen. Nur ein-, zweimal packte ihn die Gelehrsamkeit am Genick, und er dampfte mit einem salbadernden Wissenschaftsernst dahin wie auf einem Bahngleis. Ein paar Späßchen meinerseits ließen das Bewußtsein wiederkehren. Mir ging es um die Frage, ob Schule oder nicht, ihm dagegen um das, was man in ihr ändern könne. Am Ende eines anderthalbstündigen Gesprächs war uns klar, daß man an der Schule nichts ändern könne. »Das zu wissen ist schon Fortschritt!«

Wir bestellten zwei neue Viertele und entdeckten unsere Vorliebe fürs Kino. Mindestens zehn bis fünfzehn Filme erzählten wir uns gegenseitig, obwohl wir sie beide kannten, und bestellten dabei zwei neue Viertele. »Und Film, wäre das nichts?« Ich antwortete, daran zu denken, wäre Flucht vor dem Examen. Er nickte freundlich. Es war ihm – glaubhaft – Wurst.

Lange nach Mitternacht erhoben wir uns mit schwerem Gebein. Er hatte seine Frau längst angerufen und hoffte nun, daß sie schlafen gegangen wäre. Wir wanderten durch die Kirchgasse, über den Holzmarkt, die Pfleghofstraße entlang bis zum Lustnauer Tor – Sport und Bio fielen mir wieder ein! – und dann hinter der Neuen Aula links den Berg hinauf. Er wohnte in einem Haus, das früher über der Stadt thronte wie eine Residenz, heute aber durch die Verbreiterung der Straße von unten beengt wird und einen kopflastigen Eindruck macht. Auf dem ganzen Heimweg sprachen wir über Frauen, die er mochte – dazu zählte er vor allem seine Ehefrau –, und über Frauen, die ich mochte. »Frauen«, sagte er, das Gartentor in der Hand, »sind keine besseren Menschen. Aber sie sind mir die lieberen.« Ich stimmte zu, und für halb zwei Uhr nachts war das zwischen zwei Männern, die sich vorher nie gesehen, dafür aber heute dem Wein gut zugesprochen hatten, ein beachtliches Fazit.

»Ich hasse jede Arbeit.« Notiz von vier Uhr dreißig, ich schrieb sogar die Uhrzeit dazu, so wichtig erschien mir in nachtschlafendem Zustand die Erkenntnis, die mich da geweckt hatte, sie erschien mir als der Schlüssel zu meinem ganzen Wesen, und ich glaubte den niedergeschriebenen Satz tief, tief zu verstehen, bis in Feinheiten hinein, die durch Sprache kaum noch auszudrücken sind. Danach schlief ich zufrieden bis neun Uhr durch.

Ich arbeite wirklich sehr, sehr ungern. Ist das noch normal? Ich gebe mir einen Ruck und beschließe, heute doch nach Einsiedel zu fahren und einmal rund um die ganze Hochfläche zu laufen. Also: Sportschuhe kaufen – ich werde sie den Rest der Reise mitschleppen müssen. Taxi bestellen – zurück möchte ich trampen.

Alles schon passiert. Das Taxi fuhr mich über Pfrondorf bis an den Waldkranz heran, ich arbeitete mich durchs Gebüsch und stand auf der Fläche. Die Sonne schien herrlich, die Bienen fuhrwerkten durch die Palmkätzchen. Die Lauferei behagte mir weniger, ich schaffte höchstens die Hälfte der Strecke, dann ging ich lieber langsam, setzte mich auf einen Hochsitz und tat einen Blick aufs Land. Ich sah einen Hasen grasen und einen Schmetterling tabauteln. Es war, glaube ich, ein Fuchsschwanz. Ich könnte mir eine Geschichte in einem Hochsitz vorstellen. Der Schluß würde lauten: »Und ihre weißen Pos leuchteten weit über die Domäne.« Auch als Anfang geeignet und als Filmszene.

Mit einem wortkargen Ehepaar fuhr ich nach Tübingen zurück. In einem Café sah ich eine Frau, die bestimmt Tänzerin war, denn ihr Körper war geschmeidig und aufregend, besonders während sie zahlte und ging. Wieder nichts!

Ich merke, daß an dieser Begebenheit das Spannende eigentlich nur die Frage ist, ob sie nun wirklich Tänzerin war. So geht es mir mit vielem, was ich sehe. Aufschreiben kann ich es ja trotzdem. In der Volksschule – 1956 – gab es den Brauch, daß jeden Morgen vor dem Unterricht – nach dem Gebet – eines der Kinder etwas erzählte. Man mußte dazu nach vorne kommen, eine Überschrift sagen und dann loslegen. Es gab Schüler, die das nicht gern taten. Ein kleines Mädchen hörte bei allen Geschichten gern zu, wollte aber selbst nie eine erzählen. Schließlich wurde sie vom Lehrer dazu aufgefordert.

Sie ging nach vorne, blickte sinnend in die Klasse und formulierte die Überschrift: »Die schönste Frau der Welt.« Dann begann sie: »Gestern, wie ich von der Schule heimging, sah ich bei der Schmiede eine Frau, die wohnt seit zwei Tagen beim Oberwirt, und das ist die schönste Frau der Welt. Hat jemand meiner Mutter erzählt.« Schluß. Mehr war aus dem Mädchen nicht herauszuholen. Der Lehrer schickte sie ärgerlich wieder auf den Platz, die Schüler lachten. Jetzt kann ich das Mädchen gut verstehen.

Ich greife mein Gepäck und strebe zum Bahnhof. In der Keplerstraße sehe ich von fern, wie Theodor Eschenburg und Walter Jens zum Auditorium schreiten. Eschenburg mit Pfeife zieht ruhig seine Bahn, der Blick geht hoch geradeaus und fixiert eine Peilmarke am Horizont. Jens, der sich um den rechten Weg nicht zu sorgen braucht, formuliert mit zugekniffenen Augen zum Kollegen hinauf, von seinen Einfällen gejagt wie von einem Wespenschwarm und gewiß formulierend wie gestochen, während der Begleiter unerschütterlich weiter nachdenkt, dampft und schreitet.

Meiner Generation war der historische Augenblick vergönnt, als Eschenburg sich während der Vorlesung in Rauch hüllte, weil er seiner Gewohnheit gemäß die Pfeife brennend in die Jackentasche geschoben hatte. Nachdem er alle anderen möglichen Gründe für die Heiterkeit des Hörsaals blitzschnell erwogen hatte – er sprach gerade über die Leistungen Ludwig Erhards als Wirtschaftsminister der Bizone –, bemerkte er endlich selbst den Schwelbrand an seiner Linken, verzog keine Miene, sondern holte mit genau bemessenen Bewegungen nacheinander seine Unglückspfeife, sein glimmendes Taschentuch, sein kokelndes Portemonnaie, seinen qualmenden Tabaksbeutel und einige heiße Prüfungsunterlagen aus der geräumigen Tasche hervor. Ich kann mich nicht erinnern, daß er die Vorlesung auch nur für eine Sekunde unterbrochen hätte.

Zufällig steht ein Zug nach Würzburg da, schon bin ich Richtung Stuttgart unterwegs. Bis Metzingen werfe ich einer zierlichen Türkin Blicke zu, die hübsch das Haupt trägt. Kurz vor Metzingen besorge ich ihr eine Zigarette, indem ich einen Mitfahrer anschnorre. Deutsch kann sie nicht. Ihr Kopftuch ist türkis. Es gibt keine schönere Farbe als türkis.

In Metzingen steige ich mit ihr aus, weil ich gern ihren Vornamen wissen möchte. Sie muß sehr scheu sein. Sie sieht mich kaum an, aber wenn – –! Wir sprechen ein wenig, unter Beschränkung auf die Worte »Danke«, »ich nix verstehst«, »Schön, ja«, »Heute spazieren – was ist das?« Wir fahren nach Urach, mit einer kleinen Bahn, die sicher bald stillgelegt wird. Wie herrlich, einfach mitfahren zu können, ohne erklären zu müssen, was ich in Urach tue oder vorhabe. Einzig die Frage: »Du Frau Urach?« kann ich munter mit »Nichts Frau« beantworten, »auch nicht Arbeit. Tourist«.

Auf der Strecke nach Urach erreiche ich das Ziel meiner Wünsche. Ich erfahre ihren Vornamen: Hayrünnissa. Am

Bahnhof steht ihr Bruder und holt sie ab, grüßt mich etwas finster. Hayrünnissa bittet ihn, mir die Adresse zu geben. Ich zeige auf der Armbanduhr die Acht und sehe sie fragend an. Nach einem kurzen Gespräch mit ihrem Bruder nickt sie. Das ist Leben! In Urach. Und wie leicht alles fällt!

Ich quartiere mich in einem Hotel ein, das etwas über der Stadt liegt. Ich habe noch Glück, überhaupt ein Zimmer zu bekommen, denn in Urach ist ein Filmteam eingefallen und dreht in den umliegenden Bergen einen Abenteuerfilm. Der Wirt erzählt mir alles ganz genau. Seine alten Matratzen hat er schon herausgerückt, weil ein Double von der Burgzinne stürzen und doch heil bleiben soll. Und ein Spanferkel muß er besorgen für den Presseempfang.

Über Urach ist ein kegelförmiger alter Burgberg, mit einer sehr malerischen Ruine, eine Kemenatengiebelwand mit angstvollen Fensterhöhlen ragt hoch empor. Von da herunter hat sich ein gefangener Dichter abgeseilt, aber dabei leider das Genick gebrochen. Ich wandere den Berg hinauf. Von oben kommt mir in rasender Fahrt ein Berliner Kleinbus entgegen, er nimmt die Schotterkurven, als ginge es um Zehntelsekunden. Immerhin, ein Berliner, der weiß, was eine Kurve ist. In die Burg komme ich nicht hinein. Jenseits der dunklen Einfahrt ins Burginnere steht ein Mann von ewa zweieinhalb Meter Länge mit randloser Brille und dem freundlichen, disziplinierten Gesicht eines Internatsgeistlichen. Er sagt: »Bitte Ruhe, wir drehen!« und zu mir »Gehen Sie hier bitte weg«.

Ich versuche verstohlen, das Geschehen weiter aus der Einfahrt zu beobachten, doch der sanfte Riese kommt noch einmal heran, heftet einen schmerzlichen Blick auf mich und eröffnet mir, daß ich noch immer im Bild stünde. Ich trete den Heimweg an, zusammen mit anderen in die Flucht geschlagenen Spaziergängern. Ich denke an

Hayrünnissa. Mein Herz klopft. Ein Instinkt sagt mir, daß es in diesem Fall nicht richtig wäre, zu weit zu gehen. Ich kenne ganz einfach die türkischen Auffassungen zu wenig.

Auf der Schotterstraße kommt uns wieder der Kleinbus entgegen, mit heulendem Anlauf, denn wenn er im Geröll steckenbleibt, geht es nicht mehr weiter. Hinter dem Lenkrad wiederum ein sanftes, seelsorgerisches Gesicht mit goldgeränderter Brille, freundlich nach allen Seiten dankend.

Ich werde mit Hayrünnissa nur ein wenig spazierengehen und möglichst keine falschen Erwartungen wecken.

Am nächsten Tag, wieder in Metzingen. Es regnet in Strömen. Hier gibt es ein Kino mit interessantem Programm, aber einem verbreiteten Fehler: Man kann bei Regen nicht die Schaukästen studieren, ohne den Halskragen vollzukriegen.

In Berlin, ganz in der Nähe meiner jetzigen Schule, steht ein altes Kino, das keinen Käufer mehr findet. Ich phantasiere, ich hätte Geld, um es zu übernehmen und die Projektoren (sind sie noch da?) wieder anlaufen zu lassen. Ich würde während der Vormittagsstunden Slapsticks spielen, die Oberstufenschüler würden in den Freistunden herüberkommen und ab und zu auch einen der traurigeren Leistungskurse ausfallen lassen.

Um 10 Uhr 03 geht mein Zug nach Stuttgart.

Die Filmleute drehen heute in einer Höhle, von der sie noch nicht wissen, ob sie wasserdicht ist. Das wird sich feststellen lassen.

Ich sprach gestern abend im Hotel mit dem langen Aufnahmeleiter, einem durch seine Größe geschlagenen Mann, der eben darum eine ruhige Einsicht ins Unabwendbare ausstrahlt. Es gibt noch einen zweiten Aufnahmeleiter, der »der Erste« ist. Er lacht gern und organisiert die Dinge mit leichter Hand, just während man mit ihm redet. Seine Augen sind groß, sie glitzern rötlich wie entzündet. Sie leiden sicher darunter, daß er zu viele Vorgänge gleichzeitig erfassen muß. Hat er sich einem neuen Fragesteller zuzuwenden, so schließt er die Lider und dreht den Kopf, bis der Fall in genauer Verlängerung seiner Nase liegt. Dann schlägt er die Augen auf und sieht, was nottut. Ist dieser andere eine Frau, dann versteht er es, der beschriebenen Kopf- und Augenbewegung etwas Verzücktes zu geben, und niemand käme auf die Idee, ihm das nicht zu glauben. Im Kopf hat er stets eine ungeschriebene Liste von etwa zehn bis zwanzig Leuten, denen dringend irgendwelche Dinge gesagt werden müssen, aber ich sehe ihn nie hinter jemandem herrennen. Es ist wie im Märchen: er ist Igel und Igelin zugleich, die anderen sind Hase. Ruhig sitzt er und sagt alles ganz beiläufig, dazu glitzert er mit den Augen, damit es nicht vergessen wird. Wo er ist, wird nichts dramatisch. Er hat immer Zeit, weil er nichts Überflüssiges redet, und wenn, dann ist das wohlüberlegt. Dann will er jemand zeigen, daß er Zeit für ihn hat, weil er weiß: der braucht das jetzt. Gibt es solche Leute auch in der Schule?

    Ich bewege ihn, meine Adresse zu notieren. Für alle Fälle.

Zu Hayrünnissa: wir bummelten durch Urach, tranken Wein und redeten nichts, weil das Verstehen schwierig war. Wir zeigten auf dies und das und lächelten. Ich lieferte sie sehr ordentlich wieder bei ihrem Bruder ab und küßte sie auf die Wange, woraus, weil sie den Kopf drehte, eine Nase wurde. Hayrünnissa. Was wird sie sonst noch erleben?

    Den Stuttgarter Bahnhof darf man von außen nicht anschauen. In Frankfurt oder Karlsruhe gibt es riesige Dachkonstruktionen, aber sie drücken die Menschen nicht so herunter wie dieser viel niedrigere Bau in Stuttgart. Ich sitze in der Bahnhofsgaststätte, einem elend hohen Raum, und überlege, ob ich meine Mutter anrufen soll. Aber wozu, es macht sie jetzt nur nervös! Es sitzen genügend Leute um sie herum.

Ob ich dieser Reise mehr Sinn geben kann? Vielleicht als Sammler: die höchsten und die tiefstgelegenen Bahnhöfe der Bundesrepublik, die ältesten pensionierten Lokführer, die letzten Fahrten auf stillzulegenden Bahnlinien. Oder Rekorde: Wie oft kann man in zwei Stunden maximal umsteigen? Oder Statistisches: Wieviele Friedhöfe und wieviele Fußballplätze liegen direkt an der Bahn?

Ein Profi müßte man sein, in irgend etwas.

Nach Ulm, umsteigen Richtung Friedrichshafen. Das Wetter wird besser. In Laupheim wird eine irrsinnig elegante Dame von einem Chauffeur abgeholt – es ist einer mit Schirmmütze. Ich wüßte gern, was für ein Auto dazugehört. Und was für eine Fabrik.

Durlesbach, Ravensburg. Die Aussicht auf Maultaschen und diverse Viertele beginnt mich wieder zu wärmen.

Zwei Tage später. Ich bin in Traunstein, Oberbayern. Ich habe probiert, wie es ist, wenn ich nicht alles aufschreibe. Es kommt meiner Arbeitsscheu entgegen, aber irgendwann gibt es dann sehr viel nachzutragen, und ich weiß die Hälfte nicht mehr.

In Friedrichshafen blickte ich auf den Bodensee, dann fuhr ich nach Lindau und blickte dort wiederum auf den Bodensee. In Lindau trank ich Wein und rauchte eine Zigarre, weil ich mir schon immer vorgestellt hatte, Lindau sei dafür der Ort. Vielleicht die Wirkung einer Reklame. Da ich sonst nie Zigarren rauche, waren meine Träume unruhig. Ich hatte auf der Fahrt von Friedrichshafen nach Lindau den ›Playboy‹ gelesen, in Lindau nur noch durchgeblättert, im Hotelzimmer nur noch die Bilder angestarrt. Im Traum geschah mir folgendes: Ich suchte durch ein Fenster nachts in das erleuchtete Zimmer einer

Frau zu spähen, weil ich glaubte, daß sie sich dort nackt bewege. Ich konnte sie nicht richtig erkennen – im Traum gelingt mir das nie. Plötzlich fühlte ich das Verlangen, wild durch die nächtliche Wiese zu springen und Gras zu kauen. Das tat ich auch. Da schoß jemand auf mich, von der Straße her. Ich rannte zum Haus – es war das mit dem Fenster – und traf dort die Frau, die ich hatte beobachten wollen. Sie meinte spöttisch, ich solle mich über Schüsse nicht wundern, ich sähe genau so aus wie ein Hase; ich solle nur in den Spiegel sehen. Ich rannte in großer Angst und suchte nach einem Spiegel, versuchte mich in den Radkappen von Autos und in Pfützen zu spiegeln, aber vergeblich, ich konnte mich nicht richtig sehen. Damit wachte ich auf.

Auf der Fahrt nach München sprach ich ausgiebig mit einem Pfeife rauchenden Cordanzug. Der Führerschein war ihm kürzlich abgenommen worden, und seine Frau ging ebenfalls eigene Wege. Damit waren wir bei den Frauen angelangt.

Es gibt zwei Sorten von Männern. Die einen verstehen »etwas von Frauen«, die anderen sind solche, die einfach »Frauen verstehen«. Ich weiß nicht, welche Sorte mir verdächtiger ist. Er gehörte zu der, die mit »von« versteht. Ich hingegen verstehe seine Frau.

Von München fuhr ich nach Wasserburg. Das liegt am Inn, und zwar in einer Schleife. Auf dem Bahnhof kommen fast nur noch Triebwagen an. Ich ging bis an einen Berg heran, dann einen schmalen Weg schräg rechts nach oben (»Benutzung auf eigene Gefahr«) und war dann am höchsten Punkt der Stadt, vor einem alten Kornhaus oder Getreidespeicher. Dann folgte ich der größeren Straße abwärts und kam zu der großen Innbrücke mit dem Tor und damit zur Flußfront der alten Stadt. Dann aß ich Schweinsbraten mit Knödeln. Ich glaube, als Berliner ist man im gesamten Rest der Bundesrepublik leicht glücklich zu machen, weil alle anderen etwas vom Essen verstehen.

Wie wunderbar es mittags in Wasserburg nach Essen riecht! In Berlin wäre dieser himmlische Duft nutzlos, in den breiten Straßen würde er verfliegen. Hier dagegen hängt in den Gassen das Sauerkraut, steckt der Braten, heimeln die Kohlrabi, ganz zu schweigen von der Sellerie. Dafür findet man in Berlin fast immer einen Parkplatz!
Traunstein.
In der Höllgasse Ecke Fuchsgrube sitzt ein riesiger Wirtshaushund. Wahrscheinlich kriegt er seit zehn Jahren jeden Tag Bier. Am »Kniebos« kaufe ich mir ein Taschenmesser.
Ein Gebäude in der Au enthält ein Modezentrum und einen Ratskeller. Beide haben Schaukästen vor der Tür, in denen auf Fotos zu sehen ist, wie es drinnen aussieht. Sonst gibt es das nur bei Nachtlokalen. Hier war früher ein Kino. Im Schaukasten des Ratskellers steht in dicken Lettern: »Da riat si wos. Dienstag Ruhetag.«
Auf der Apothekerstiege gehe ich hinter einer Mutter mit Kind her. Durch die Holzstufen gibt es im Treppengewölbe eine Trampelakustik wie bei Kirchturmbesteigungen. Das Kind ächzt und schnauft, weil die Mutter zu schnell steigt (Gebirglerin) und weil die Stufen so hoch sind. Trotzdem bringt es bei jedem Schritt eine neue Frage heraus, alles auf bayrisch.
Etwas später sehe ich ein Mädchen mit Skiern, aus Richtung Bahnhof kommend. Sie trägt Bundhosen und rote Kniestrümpfe und einen vielfach zerrissenen und wieder geflickten Anorak, darüber zerzauste blonde Haare und eine Pudelmütze. Ihre Skier sind wohl der letzte Schrei, auch die Stiefel. Was für einen wunderbaren Gang hätte sie, wenn sie diese Stiefel ausziehen würde. So aber geht sie wie eine Laufpuppe aus Holz, die, einmal angestoßen, immer weiter vorwärtstapert bis zur Tischkante. Es gelingt mir mühelos, mit ihr Schritt zu halten. Sie sagt, sie sei auf dem Rauschberg gewesen, der Schnee wäre sauber, ganz bärig! Plötzlich ist sie mit einem

freundlichen »Wiederschaun!« in einem Haus verschwunden.

Am nächsten Tag, 7 h früh, sitze ich im Triebwagen nach Garching. Das Bett im Gasthaus war das einzig Unangenehme an Traunstein: es war zu weich, ich brach ein, wie in Wilhelmsthal mit Georg Lukács.

Gestern fuhr ich nachmittags noch nach Ruhpolding und mit der Seilbahn auf den Rauschberg. In der Liftkabine stand eine Handvoll Skifahrer mit ungeheuren Waden und Händen, knappe Sätze austauschend, ausschließlich auf bayrisch. Oben war Nebel. In ihm verschwanden die Wadenmänner wie die Geister, kaum daß sie ihre Skier angeschnallt hatten. Ich hörte nur noch das kratzende, schlurfende Geräusch ihrer Schwünge und zuletzt noch einen fürchterlichen Fluch. Bindungsprobleme. Dafür habe ich Verständnis.

Mein Triebwagen tutet aus Leibeskräften und furzt beim Beschleunigen wie ein Roß. Beides hallt gespenstisch durch die Wälder. Hörpolding, viele Schüler steigen ein. Hinter Stein an der Traun liefert uns ein Schäferhund ein gewaltiges Wettrennen, aber wie er sich streckt, er verliert es. Eine Kirche hoch auf einem Berg zeigt dem Zug ihr Hinterteil. Mit den roten Marmorstreifen sieht sie fast aus wie ein hockender Pavian. Das Land ist reich und sicher, als gehöre es noch immer den Römern, die hier nicht nur Straßen, sondern auch hübsche Villen bauten, mit Mosaikfußboden, Swimming Pool und Blick auf Seen und Berge. Zwischen zwei Grenzkriegen muß es Spaß gemacht haben, Römer zu sein.

Garching. Der Bus nach Altötting fährt mir vor der Nase weg. Nächster Zug nach Mühldorf erst um 9 h 25. Ich kann dem Fahrplan hier keine freundlichen Züge abgewinnen.

Ich fahre nach München über Markt Schwaben und Mühldorf. Draußen Telegrafenstangen von stattlicher Fülle und Bündelung, bedeckt von Isolatoren wie von einem Schwalbenschwarm. Ein hübsches Mädchen mir gegenüber liest Hermann Hesses ›Steppenwolf‹, guckt ab und zu hoch, aber dann mehr zum Fenster hinaus als zu mir. Ampfing. Sommersprossen hat sie auch. Der Schaffner musterte meine Netzkarte mißtrauisch und sagte dann: »Markt Schwaben umsteigen auf die S-Bahn.« Am Bach steht eine Zwergkirche, ein Kirchengnom mit Rundhaube. Das Mädchen hat zwei goldene Haarspangen, die eine rechts, die andere links. Über die Ackerhochfläche ragt ein weiterer Zwiebelturm. Jetzt ein Schloß »Schwindegg«. Das Mädchen trägt Jeans und eine Bluse, auf der lauter kleine rote Herrenfahrräder zu sehen sind. Jenseits des Gangs setzt sich ein schöner Junge und ißt mit großen Händen einen Apfel. Dorfen. Alte Barockkirche mit einer kompliziert verkrüppelten Kombinations-Hochzwiebel. Vor Thann-Matzbach stehen herrliche Hochspannungsmasten am ganzen Horizont, unnahbare Majestäten, echte Vierzehnender. Der schöne Junge wirft dem Mädchen Blicke zu. Sie trägt Stiefelchen aus hellem Leder. Mit Hesse kommt sie nicht mehr so gut vorwärts.

Mir gegenüber setzt sich in Thann-Matzbach ein Generalvertretertyp von etwa 50, braungebrannt, glänzende Stirn, Haare glatt mit viel Pomade, gescheitelt, ein Theodor im Fußballtor. »Nicht mehr lange, dann regnet's«, sagt er zu mir (das habe ich schon gerne!). Inzwischen hat der Junge das Mädchen irgend etwas gefragt, ich glaube, über das Buch. Ach Theodor! Jetzt spricht er weiter über Urlaub und »diese Bayern hier« und die Bahnverbindungen. Er muß doch sehen, daß ich zu schreiben habe! Gut, daß jetzt Markt Schwaben kommt. Der Junge und das Mädchen steigen zusammen aus, in weiterer Unterhaltung, ich flüchte vor Theodor, so schnell ich kann.

In München hatte ich Ärger mit einem Präservativautomaten im Hauptbahnhof. Weder kamen meine zwei

Mark zurück noch erschien das Produkt auf der Bildfläche. Die Telefonnummer des Aufstellers stand auf einem Schild. Ich ärgerte mich so, daß ich glatt anrief. Ein Bayer am anderen Ende bedauerte umständlich: er könne jetzt nicht kommen, er sei draußen in Grünwald. Ich solle ihm meine Adresse geben, er würde mir dann einiges zuschikken. Ich, verblüfft, gab meine Anschrift. Vielleicht lacht er immer noch. (Nachträgliche Randbemerkung Ole Reuters: Die Firma Bethmann & Hollweg hat mein Vertrauen nicht enttäuscht. Sie sandte mir eine ansehnliche und übrigens in Form und Farbe höchst originelle Auswahl aus ihrer Produktion nach Berlin.)

Ich stieg in einen Zug Richtung Bamberg. Jetzt sitze ich in Treuchtlingen beim Hirschbraten. Teuer, aber gut. Sonst herrscht Wildnis: aus dem Radio schallt unerbittlich Werbefunk, im Kino läuft der »brutalste Film des Jahres«.

Treuchtlingen gehörte früher den Pappenheimern, deren berühmtester ebenso dumm wie heldenhaft gewesen sein soll. In der Schlacht von Lützen ruderte er vergeblich im Heeresgewühl herum, um Gustav Adolf persönlich zu erwischen. Das bekam ihm selber schlecht. Seine mit Blut getränkte Skizze des Schlachtfelds gibt es heute noch in einem Museum.

Vielleicht gehe ich doch in den »brutalsten Film des Jahres«?

Oder, wenn ich um 22 h 40 den Nachtzug nach Hamburg nehme, kann ich die Welt sehen und etwas erleben.

Dem Hirschbraten mit Preißelbeeren ist es gelungen, den Werbefunk zu neutralisieren, die Laune bessert sich. In der gegenüberliegenden Ecke sitzt am Tisch ein alter Mann mit wirren, weißen Haaren und großer Nase. Er sieht aus wie ein funkelnder Zornkopf und Revolutionär, so stelle ich mir Gesichter im Bauernkrieg oder im Vormärz vor. So sehen Leute aus, die nicht nur dann Revolutionäre sind, wenn gerade Revolution ist, Leute, von denen man am Ende ihres Lebens zu sagen pflegt: er hätte es so gut haben können, er hätte es so weit bringen können – wenn er sich nicht dauernd in fremde Dinge eingemischt hätte, ach was, wenn er einfach öfter mal die Schnauze gehalten hätte! So sehen Leute aus, die ununterbrochen des Verrates oder mindestens der Inkonsequenz für schuldig befunden werden von jenen anderen Revolutionären, die nur während der Ereignisse selbst revolutionär sind, solchen, die das ganze Leben lang nur allemal lügen. Denen, die unausgesetzt in Horden angreifen und dabei jammern, sie würden von Horden angegriffen. Denen, die es stets so gut meinen und deren Augen sich zu Schlitzen verengen, während ihr Mund von einem pädagogischen Lächeln umspielt wird. Unser Mann hat noch Glück, wenn sie in ihm nur ein Original sehen, eine bizarre Psyche, einen Querulanten, dessen wirres Haar die Unordnung seiner Gedanken und dessen Nase die Größe seines Größenwahns anzeige.

Während ich das schreibe, wird mir klar, daß da drüben in der Ecke lediglich ein alter Mann mit großer Nase sitzt und ein Glas Wein trinkt, nichts weiter. Und doch ist er alles, was ich phantasiere, solange ich nicht mit ihm spreche. Er ist vielleicht wirklich das, was ich sehe, und das Kennenlernen würde die Wahrheit nur verwischen. Das Kennen verträgt sich mit dem Sehen wenig. Manchmal ist es sogar eine schlechtere Methode zur Feststellung dessen, was ist.

Kann man das Kennen überhaupt weglassen und nur noch sehen, wie ein Film? Es wäre eine Art Tod.

22 Uhr 40. Ich steige in den Nachtzug.

Vielleicht hätte ich doch mit ihm reden sollen.

3. Judith

Als ich um 22 h 40 in den Zug München-Hamburg einstieg, waren die meisten Abteile schon dunkel. Ich wanderte an den Türen entlang und spähte, soweit nicht die Vorhänge zugezogen waren, nach einem geeigneten Platz. Als ich im Dunkel eines Abteils eine weibliche Einzelperson erblickte, wollte ich erst scheu weitergehen, kehrte aber dann um und ließ mich bei ihr nieder. Es brannte nur eine kleine Nachtlampe, ich sah daher so gut wie nichts. Die Frau war groß und schlank, soviel war zu erkennen, sie hatte sich auf den herausgezogenen Liegesitzen lang ausgestreckt. Ich grüßte in die Richtung ihres Gesichts, sie grüßte kurz zurück. Ich verstaute meine Taschen und setzte mich zunächst aufrecht hin, blickte über die Frau hinweg aus dem Fenster. Draußen zogen nur ab und an einige Lichter vorbei, die das Abteil nicht sehr erhellen konnten. So saß ich eine ganze Weile. Irgendwann erhob sie sich, holte aus einem Beutel im Gepäcknetz eine Tüte. »Mögen Sie einen Apfel?« Ich bejahte gern und fragte überflüssigerweise: »Haben Sie dann noch einen übrig?« Ich merkte, daß sie über diese Frage nachdachte, dann sagte sie: »Aber ja. Ich weiß gar nicht, wie ich die alle essen soll.« Wir aßen.

Ich war beruhigt, daß es sich tatsächlich um eine Frau handelte. Nächtliche Täuschungen, zu spät entdeckt, führen oft zu Komplikationen. Ihre Stimme gefiel mir. Wenn ich nur sonst irgend etwas hätte in Erfahrung bringen können! Aber sie legte sich, nachdem sie den Apfel gegessen hatte, wieder lang hin, zog die Schuhe aus und ruhte. So sah ich auch in Gunzenhausen und in Ansbach ihr Antlitz nicht, denn sie hatte es unter ihrem langen, vom Haken herabhängenden Mantel verborgen und kam nicht hervor. Ihr langer Körper, mit Pullover und dunklem Rock bekleidet, erschien mir anheimelnd. Sie hatte etwas von einem leicht hilflosen, großen, freundlichen Pferd. Zwischen Ansbach und Würzburg war ich bereits sehr gierig nach ihr und spähte angestrengt in die dunkle Ecke hinüber. In Würzburg hielt der Zug sehr lange, mindestens eine Viertelstunde. Ich zog die Türvorhänge vollkommen zu und legte mich genau so lang hin, ohne Schuhe, wie sie. Noch im Bahnhof merkte ich, daß sie nicht schlief. Als der Zug wieder anfuhr, räkelte sie sich wie im Schlaf und legte ihre Hand etwas weiter ausgestreckt herüber auf den Sitz. Neu Zugestiegene kamen nicht herein. Der Schaffner war schon dagewesen. Ich lag da und war ganz krank vor Sehnsucht nach dieser Hand, vor allem, weil die Frau nur so tat, als ob sie schliefe. Was würde passieren, wenn ich die Hand leicht berührte? Sie würde sie wegziehen, ganz einfach.

Während ich dies schreibe, sitze ich längst in Westerland auf Sylt in einem Café, bereits gut durchgepustet vom Wind, aber immer noch gezeichnet von den Strapazen der vergangenen Nacht.

Zwischen Würzburg und Fulda lagen 113 Bahnkilometer. Ich ersah es aus dem »Zug-Begleiter«, einem Zettel, der in D-Zügen herumzuliegen pflegt. Anstatt nun einfach die Hand zu streicheln, studierte ich den Fahrplan. Zwischen Fulda und Bebra warteten 56 Kilometer ohne Bahnhof, das entsprach 36 Minuten, – etwas zu wenig! Dann aber, zwischen Bebra und Göttingen und vor allem zwischen Göttingen und Hannover hatte ich jeweils rund eine Stunde für die Liebe, vielleicht unter Abzug von 10 Minuten, bis die Zugestiegenen und der Schaffner durch waren. Kaum hatte ich mich entschlossen, ihre Hand erst kurz nach Bebra zu berühren, da streckte ich schon die Finger aus, aber fast gelähmt wie in einem magnetischen Schwebezustand. Es ist unglaublich, wie schwer es fällt, ohne einen Blick, ohne ein Wort eine fremde Hand anzufassen! Ich überlegte: hätte sie mir denn einen Apfel gegeben, wenn sie mich ablehnte? Würde sie die Hand so ausdauernd hinlegen, wenn sie nicht auf die Berührung wartete und genauso Sehnsucht hatte wie ich? Oder schlief sie doch? Nein, so schlief kein Mensch!

Etwa in der Mitte zwischen Würzburg und Fulda – es könnte an der bayrisch-hessischen Grenze gewesen sein – konnte ich nicht mehr zurück und berührte ihre linke Hand mit meiner rechten, strich mit der Innenseite meiner Hand über ihren Handrücken und steckte meinen Daumen unter ihre Finger.

Sie schreckte weder hoch noch zog sie die Hand weg noch war sie weiter bemüht, sich schlafend zu stellen. Ihre Finger schlossen sich ganz langsam um meinen Daumen und öffneten sich dann wieder, um meine Hand ein wenig zu streicheln. Sie sagte nichts, und ich sagte nichts. Ich rückte zu ihr hinüber. Alles Weitere war nur noch gebieterische, schöne Notwendigkeit. Ich sage nur: 56 Bahnkilometer zwischen Fulda und Bebra, 80 zwischen Bebra und Göttingen – mit einem hessischen und einem niedersächsischen Teil –, 108 zwischen Göttingen und Hannover! Der Schaffner kam dann auch. Er ging schnell wieder, ohne zu kontrollieren.

Ich erinnere mich an einen Film von Ken Russell über Tschaikowsky, wo in einer Szene der Komponist im fahrenden Zug zwar mit einer willigen Frau allein ist, aber zu seiner Lust nicht finden kann und darüber schier verzweifelt. Das bringt ihn dann, wenn ich mich richtig besinne, zur Komposition einer pathetisch-schmerzlichen Musik. Mir könnte das nicht passieren, ich kann nicht einmal Dur und Moll unterscheiden.

Die Frau war Stenotypistin aus Bad Oldesloe. Zwischen Celle und Uelzen war das Licht so gut, daß wir uns richtig betrachten konnten. Ich hatte sie mir völlig anders vorgestellt, jünger und hübscher. Sicherlich dachte sie über mich ähnlich, als mein stoppeliges Kinn im Morgenlicht prangte. Aber das machte nichts aus: wir hatten uns als verwegene Leute kennengelernt, und so etwas zählt. Sie trug einen Ehering. Beim Abschied in Hamburg Hauptbahnhof ein kleines Zögern: ich wußte nicht, sollte ich sie um ihre Adresse bitten oder ihr meine geben? Ich entschied bei mir: nichts dergleichen! Ich half ihr mit dem Koffer. Wir verabschiedeten uns gesittet. Sie lachte verschmitzt. Wir winkten noch kurz.

Das Land zwischen Hamburg und Sylt bestand aus lauter Striemen. Waagrecht: das waren die Äcker, Feldraine und Mistbahnen. Senkrecht: der Regen! Ab und zu sah ich ein mächtiges Gewölk aus Bäumen und ein solides Bauernhaus mit Reetdach. Und ein Wind war das – der ganze Zug bebte, als er in Husum auf dem Bahnhof stand!

Hier in Westerland sind die meisten Gäste in gelbe Windjacken gekleidet, damit man sie von den Einheimischen unterscheiden kann. Es sind hauptsächlich ältere Ehepaare. Die Männer haben bestickte, knappe Schirmmützen auf. Alles ist damit beschäftigt, sich den Tag richtig einzuteilen. Der Mann am Nebentisch raucht guten Pfeifentabak. Die Kellnerin weist einen alten Mann an, den Mantel an der Garderobe abzugeben. Meiner stört sie offenbar nicht.

»Für mich lohnt es sich doch kaum, arbeiten zu gehen«, sagt eine resolute Frau zu ihrer Nachbarin, »die Steuer ist für kinderlose Ehepaare gemacht, wo die Frau nichts verdient. Was ich dazuverdiene, frißt zu drei Vierteln die Steuer weg.« – »Genau«, meint die andere, »die Ehe lohnt sich nur, wenn er klotzig verdient und sie zu Hause bleibt.«

Für einen angehenden Lehrer habe ich von solchen Dingen viel zuwenig Ahnung. Heute abend möchte ich einen guten Fisch essen. Wehmütig denke ich an Göttingen, Tübingen, Urach und Bad Oldesloe. Vielleicht fahre ich morgen nach Osnabrück und von dort weiter nach Quakenbrück, vielleicht gar nach Friesoythe, alles wegen der schönen Namen. Bin ich einsam? Am Strand entlanggehend denke ich darüber nach. Ich bin nicht einsam, sondern lieblos.

Ich treffe Menschen, die ich lieben könnte und die mir jedenfalls auch nicht aus dem Wege gehen. Aber ich bin gefräßig und möchte für meine Liebe mehr zurückbekommen.

Wenn ich wenigstens traurig wäre, weil die langbeinige Frau aus Oldesloe verschwunden ist. Meine Vorstellung von freiem Sex ist irgendwie fadenscheinig.

Ich müßte einfach lieben, wo es was zu lieben gibt, und respektieren, wenn es damit aus ist. Bisher war ich von vornehrein nie bereit, das Ende zu respektieren und daher auch von vornehrein lieblos.

Warum nicht alles und alle lieben, die ich nicht unbedingt ablehnen muß? Warum nicht einfach lieben, wo und so lange es geht, Frauen, Meere, Städte, Geschichten, sogar Männer? Ich schreibe daraufhin Postkarten an alle möglichen Leute. Das ist immerhin ein Anfang. Als ich sie einstecken will, irritieren mich die vielen gelben Windjacken, die in derselben Farbe leuchten wie die Briefkästen.

Im Zug von Westerland nach Hamburg, am nächsten Tag. Ich entdecke wieder das Gefühl, in einem Land gewesen zu sein, von dem alle meine Bekannten nichts wissen. Ich hatte es als kleiner Junge. Damals stand ich auch halbe Tage lang auf den Brücken, die über Autobahnen und Eisenbahnschienen hinwegführten, und glaubte an eine unendliche Ferne, der all diese Lloyds und DKWs und Borgwards entgegenbrummten oder -summten.

Ich erinnere mich an einen riesigen Lastwagen – es war ein Krupp »Titan«, ich kannte mich da aus –, der mit einer Ladung Bimssteine unter der Brücke durchwummerte und am Horizont verschwand. Nie habe ich ihn vergessen, noch zehn Jahre lang wollte ich Fernfahrer werden. Was Bimssteine sind, woraus sie bestehen und wozu sie verwendet werden, weiß ich heute noch nicht.

Ein großes Stahlgerüst mit runden Schildern oder Scheinwerfern steht in einiger Entfernung im Wolkengebräu. Am Anger weiden drei ruppige Jungpferde. Ein Vogel mit einem langen, gespaltenen Schwanz – ich nenne ihn einmal Gabelweihe – fliegt schräg auf mich zu. »Stuckum«. Ein Hubschrauber steht in der Luft und rührt sich kaum. Übt er das?

Der Mann mir gegenüber hat eine penetrant bedeutsame Art, Zeitung zu lesen. Er legt zwei Finger an die Schläfe, spreizt die Hand und die Stirn zu einer unnatürlichen Haltung, so als habe er zwischen Fingerkuppe und Schläfe ein Stück Knete zu formen.

Draußen: zwei Kinder schaukeln aus Leibeskräften. Das eine ist aber schon größer und schwerer, daher schwingt das Schaukelbrett im Halbkreis. – Jetzt ziept sich der Zeitungsleser auch noch am Bart und an den Augenbrauen.

Vogelschwärme unter tiefhängenden Wolken. Kaum lassen sie sich auf der Wiese nieder, werden sie weiß und zu Möwen. In Krempermoor steht am Spritzenhaus: »Gott zur Ehr, dem Nächsten zur Wehr.« Während ich hinausschaue, rieche ich deutlich: hier ißt einer ein hartes Ei! Natürlich wieder der Zeitungsleser mit den Augenbrauen! Er läßt nichts unversucht, um sich meine Aufmerksamkeit zu erschleichen. »Treibriemenfabrik von Carl Marx«. Hamburg nähert sich.

Die Runddächer der großen Bahnhöfe sind wegen des Rauchs so hoch und wegen des vielen Dampfes, der aufstieg und Platz brauchte wie ein Riese.

In Kiel wandere ich abends durch die Fußgängerzone. Ich bemerke eine halbhohe Säule, die an der Spitze in zwei hochgereckte Steinhände übergeht. Diese halten einen stilisierten Blumenstrauß, der aber, wohlgemerkt, bunt angemalt ist.

Später bin ich in einem Lokal, das den derzeitigen Rekord in der Zweckentfremdung alter Wagenräder hält. Die Naben dienen als Lampen, ganze Räder bilden den Wandbehang, eine weitere Sammlung bevölkert die Bar. Was würde ein alter Wagenmacher aus dem 19. Jahrhundert sagen, wenn er – vielleicht als Geist, der nicht zur Ruhe kommt – dies alles sehen würde?

In Kiel sehe ich nur Einzelgänger wie mich. Was soll ich in Kiel?

Auf der Fahrt von Hamburg nach München 24 Stunden später. Ich werde die Nacht durch fahren. In Hamburg ließ ich mir ein Horoskop per Computer herstellen. Dann fuhr ich nach Cuxhaven. Im Zug las ich, daß ich ein sehr heftiger Charakter bin, daß aber gerade darin meine Gesundheit besteht. Mit Geld habe ich viel Glück, das wird aber durch meine heftigen Seiten in Frage gestellt. Frauen werden durch meine verständnisvolle Seite angezogen und durch meine Heftigkeit entweder gebändigt oder vertrieben. Meine Klugheit ist groß, allerdings meistens umständehalber verhindert. Mein Leben ist im Prinzip lang. Die dreißig Seiten des Horoskops lassen sich ausklappen wie eine Landkarte. Ich glaube, das sind alle Erkenntnisse, die ich gewonnen habe. Daß ich Arbeit ablehne, ist den Sternen entgangen.

In Cuxhaven herrschte dicker Nebel. Ich sah ein Schild: »Zur Alten Liebe« und ging ihm nach, denn ich habe nie gewußt, wer oder was die Alte Liebe ist. Ich fand ein Denkmal der Minenwaffe mit einer stacheligen Seemine als Kopf. Das konnte sie nicht sein. Ich vermutete sie dann in einem Leuchtturm, den die »Civitas Hamburgiensis« 1803 errichtet hat. Da war aber auch ein Mast, der mit allerlei Pfeilen und Armen den draußen vorbeifahrenden Schiffen anzeigt, wie der Wind bei Borkum und bei Helgoland weht. Hebt die »Alte Liebe« zwei Arme, so herrscht an beiden Orten Windstärke zwei. Letzte Möglichkeit: es ist ein Bollwerk aus Holz, an dem früher die Schiffe anlegten. Die »Alte Liebe« trüge dann ein Nebelhorn, das pro Minute zweimal ziemlich laut tutet. Auf der Anlegestelle stehen bei Nebel gewöhnlich viele Leute und schauen hinaus, ob nicht bald ein Schiff stranden kommt. Ein Vater sagte zu seinem Sohn: »Also von hier fahren die Schiffe nach Helgoland ab und so weiter.« Darauf der Sohn: »Was soll der Scheiß?«

Die Andenkenverkäuferin erklärte mir dann endgültig: es ist das Bollwerk! Ich antwortete ihr, sie sei sicher Sächsin. Sie bejahte. Ich wollte hinzufügen: »Irgendwo muß man ja Wurzeln schlagen«, aber sie ergänzte allzu schnell: »Irgendwo muß man ja herkommen.«

Auf einer schwarzen Tafel sah ich mit Kreide geschrieben: »Komfortzimmer mit Kübel.« Ich stand fassungslos. Es dauerte etwas, bis ich in der nächsten Zeile »schrank« las. Also »Kühlschrank«. Kurzsichtig und dann noch Nebel!

Die Nacht wird immer dunkler. Mir gegenüber sitzt ein mürrischer alter Mann mit abgewetzter Aktentasche. Die Tasche ist es, die ihn heraushebt. Sie ist das ehrwürdigste Stück, das ich je gesehen habe. Wahrscheinlich hat er durch ein langes Leben hindurch – in der Schule, als Lehrling, im Krieg und auf der Flucht und hartnäckigerweise auch in den besseren Zeiten sein Mittagsbrot darin mit sich geschleppt. Hinter Uelzen wird er gesprächig. Ein alter Lokomotivführer. Er sagt sehr viel mit Sätzen, die gleich wieder zu Ende sind. Streckenstillegungen? Der Staat sollte die Autosteuer fallenlassen und die Benzinsteuer erhöhen. Dann würden die Leute nur mit ihrem Auto fahren, wenn es sinnvoll sei. Die Bahn sei das modernste Verkehrsmittel auf dem Erdboden, sagt er. Autos? – Kutschen, weiter nichts!

Akademiker hätten alle einen unmerklichen Schaden, sagt er. Er habe auf der Realschule einen verrückten Studienrat gehabt, der gab allen eine Drei, nur einem einzigen eine Zwei, der überhaupt nichts konnte, aber immer lachte. Nein, er sei das nicht gewesen, er habe fast nie gelacht, schon als Kind nicht.

Im Krieg? »Die Flieger haben immer erst noch einen Warnschuß abgegeben, damit wir halten und in den Graben flitzen konnten. Später war es damit auch nichts mehr.«

Bis zwei Stunden vor Ablauf seines 65. Lebensjahres habe er gearbeitet – auf solchen Dingern da. Er weist aus dem Fenster, wo wie durch Zauberei plötzlich eine Dampflokomotive steht. Wir sind in Lehrte auf einem Rangierbahnhof. Wie ist das mit dem Gütertransport, frage ich. Die Unternehmer beauftragten oft lieber eine Spedition, weil man mit der reden könne, sagt er. Mit einer Behörde könne man nicht reden. Dafür kümmere die sich aber ums Allgemeinwohl. Eine Behörde, die nicht preußisch sei, tauge nichts. Und das sage er als Bayer, oder – nun ja, als Franke.

Buxtehude, Cuxhaven – unter den Städten mit ›x‹ fehlen mir jetzt wohl nur noch Höxter und Xanten. Und Jerxheim! Und die Bäckerstochter.

Würzburg, umsteigen nach Köln, 3 h 30 morgens.

Ab Würzburg lese ich noch eine Romanfortsetzung in der Illustrierten. Warum ist in solcher Literatur immer von »kleinen, festen Brüsten« die Rede? Einen festen Busen habe ich selber. Woran mir liegt, ist ein weicher.

Bin eingeschlafen. Wiesbaden. Ich rasiere mich. Rüdesheim. Der Rhein. 7 h, einige Autos haben noch Licht an. Der Fluß hat gekräuselte Flecken, fast wie matschige Eisschollen. Was ist an der Morgenluft eigentlich anders als an der Nachtluft? In Köln fehlt der übliche Schülerschwall. Hier sind wohl auch Ferien.

Am Abend desselben Tages. Es gibt einen bestimmten Typ von Mädchen und Frau, der mich zum Schmachten bringt: schwarzhaarig, blaß mit Sommersprossen, blauäugig, schlank und zierlich. Mit dreizehn verliebte ich mich zum ersten Mal in so ein Geschöpf. Ich rettete sie aus Hunderten von brennenden Häusern, trug sie auf meinen Armen nach ungezählten Schiffsunglücken aus dem Wasser, schlug ganze Kompanien von Unholden, die ihr zu nahe kommen wollten, mit fürchterlichen Hieben zu Boden. Gestanden habe ich ihr meine Liebe nie. Ich beobachtete sie von ferne wie ein fieberkranker Raubvogel und hoffte, daß ihr Blick auf mich fiele. Dieser Typ führt bei mir auch heute noch zu vorübergehender Verwirrung: ich folge in gemessener Entfernung, lauere und phantasiere. Heute morgen sah ich in Köln eine solche Frau. Sie ging am Arm eines grauhaarigen beleibten Herrn auf das Römisch-Germanische Museum zu. Sie trug einen teuren Pelz, ging graziös, ihr Gesicht war weiß, ihr Mund rot, ihr Haar schwarz. Vielleicht ist es das Märchen vom Schneewittchen, das mich beeinflußt. Sie blickte sich nach mir um. Einem möglichen Abenteuer mit umständlichem Versteckspiel vor dem Herrn mit der Brieftasche war sie bestimmt nicht abgeneigt. So kam ich ins Römisch-Germanische Museum.

Es wurde gerade geöffnet, man strömte hinein. An der Seite des Gebäudes schlossen einige Jugendliche ihre Fahrräder an. Mir fiel sekundenlang ein Mädchen mit Blue Jeans auf, in deren hintere Taschen so viel hineingestopft war, daß der Po ganz eigentümlich aussah. Rasch wandte ich mich wieder dem Leopardenweibchen zu und schmachtete weiter.

Im Museum stand ich an einem Geländer und blickte auf ein großes, römisches Mosaik hinunter. Gleichzeitig bewachte ich die Schwarzhaarige, die meinen Blick erwiderte und ihren Mann etwas unwirsch behandelte, wie um mir zu zeigen, daß ich ruhig einiges versuchen könne.

Mir gegenüber stand der steinerne Römer Lucius Publicius und verzog keine Miene.
Plötzlich merkte ich, daß keine zwei Meter neben mir das Mädchen mit den Jeans am Geländer stand. Ihr Gesicht war zugleich hübsch und herb mit einem schön geschwungenen, stolz aussehenden Mund. Ich sah wieder hinunter auf das Mosaik und fühlte, daß sie mich jetzt – während sie aus einer Tüte Kekse knabberte – von der Seite studierte. Ich sah sie wieder an, sie zog aber ihren Blick nicht von mir ab, sondern behielt einen freundlich-neugierigen Gesichtsausdruck bei und sah mir gerade in die Augen, als ob sie schon wüßte, daß ich gleich etwas sagen würde. »Vorsicht, Sie krümeln aufs Mosaik«, sagte ich, »das fällt in die Ritzen.« Sie lachte. »Sie sehen hungrig aus, möchten Sie etwas abhaben?«
Erotische Ausstrahlung ist einfach der Eindruck, daß jemand sehr lebendig ist, gerade wenn er nur ganz ruhig dasteht und nichts tut als Kekse essen.
Übrigens sah ich mich vollständigkeitshalber wieder nach der Leopardenfrau um, die war aber schon verschwunden. Ich wollte weiter hinter ihr her, konnte aber jetzt schlecht vom Geländer weg. Ich hätte dann sagen müssen: »Na ja dann – noch viel Spaß ...« oder ähnliches, und ich wußte genau, daß das jetzt überhaupt nicht paßte. Also blieb ich stehen, und sie auch. Ihre Augen waren sehr hübsch, aber nicht blau. Ihre Haare weckten Zärtlichkeit. Sie waren aber nicht schwarz, sondern blond.
Inzwischen war ein junger Mann herangekommen, der sie begleitete. Sie schlug vor, zusammen durch das Museum zu gehen. Ich habe den Grundsatz, niemals zu zweit durch Museen zu gehen. Ich sehe mir lieber alles alleine an und treffe mich dann wieder am Ausgang. Besichtigungen zu dritt kommen schon gar nicht in Frage. In diesem Fall blieb mir aber kaum etwas anderes übrig, es sei denn, ich hätte gesagt: »Na ja, dann ...« und das

kam auch nicht mehr in Frage. Was dann kam, hat mir die Richtigkeit meiner Museumsgrundsätze wieder einmal klar bestätigt. Ich glaube nicht, daß ich irgendein Ausstellungsstück genau betrachtet oder gar etwas dabei gedacht habe. Ich erinnere mich dunkel an eine Vitrine mit römischem Schmuck, weil ich dort das Ohr des Mädchens studierte, um zu prüfen, ob sich an ihm der Römerschmuck gut machen würde. Ich küßte das Ohr, denn anders läßt sich so etwas nicht feststellen. Der junge Mann war ein paar Schaukästen weiter gegangen. Angesichts einer größeren Menge alter Münzen – ich interessiere mich sonst leidenschaftlich für Münzen – küßte ich sie auf die Nase. Bei den Amphoren küßten wir uns bereits richtig. Es gab da, glaube ich, noch eine nachgebaute römische Holzkutsche. Dort küßten wir uns jedenfalls auch.

Der junge Mann störte nicht, denn er war mir ähnlich: er liebte es, allein durch Museen zu gehen. Später merkte ich, daß er nicht direkt der Freund des Mädchens war, sondern ein Mitschüler aus dem gleichen Kurs. Er war gegenüber der neuen Situation sehr vorsichtig und verständnisvoll. Als er sich wieder näherte, war es, als ob er Fühler ausstreckte.

In einem tiefergelegenen Raum sah ich das Leopardenweibchen wieder, sie warf mir einen tief vorwurfsvollen Blick zu. Ich merkte, daß das wohl ihr normaler Gesichtsausdruck war und verschob daher kurzerhand das Schmachten auf das nächste Mal, wenn ich wieder »meinem Typ« begegnen würde.

Das Mädchen heißt Judith. Beim Sprechen klimpert sie mit den Augendeckeln und läßt dabei den linken immer etwas länger geschlossen als den rechten, wodurch unbeabsichtigt etwas Schelmenhaftes in alles hineingerät, was sie sagt. So war es auch, als sie mir eröffnete, sie habe jetzt großen Appetit auf Eis.

Als wir auf den Dom stiegen, fragte sie mich auf einem

Treppenabsatz – es kamen gerade Leute herunter –, was ich denn beruflich machte. Weil ich noch von der Treppe außer Atem war und weil auch die Leute es gehört hatten und auf meine Antwort warteten – sie verlangsamten geradezu den Schritt –, sagte ich nur: »Student.« Nun waren die Leute weg, und wir stiegen weiter.

»Dort im Westen«, sagte der Schulfreund schnaufend, »dort liegt Brauweiler, da wohnen wir, gehen aber in Köln zur Schule.« Wir gingen Eis essen. Der Freund heißt Hans-Peter. Er hatte etwas vor und verabschiedete sich. »Er weiß alles«, erzählte Judith von ihm, »auch, wann die Hugenotten ausgestorben sind und so Sachen.« Ich erzählte ihr von der Netzkarte. Das gefiel ihr. Sie hat bisher nur eine einzige größere Reise gemacht und die nicht mit der Bahn. Ihr Vater arbeitet als Polizeibeamter. Sie hat drei Geschwister und teilt mit ihrer Schwester ein Zimmer, in das dauernd ihre kleinen Brüder hereinrennen.

Wir gingen nach dem Mittagessen ins Ostasiatische Museum. In der obersten Abteilung – ich habe wieder keine Ahnung, was da eigentlich zu sehen war – hielt sich außer uns beiden zunächst niemand auf. Wir umarmten uns und setzten uns einfach auf den Boden. »Ob hier auch niemand hinkommt?« fragte ich. »Bestimmt nicht«, sagte Judith. Ich küßte ihren Hals. In diesem Moment erschien am Treppenaufgang eine Dame. Sie überblickte sofort die Situation, blieb auf der obersten Stufe stehen und schaute mißtrauisch in die Runde, so als stelle sie gerade fest, daß hier nichts Besonderes zu sehen sei. Dann machte sie auf dem Absatz kehrt und stieg die Treppe wieder hinunter. In Museen trifft man überhaupt viele aufmerksame, freundliche Menschen.

Vor dem Museumsausgang sagte ich zu Judith: »Ich liebe dich.« Es sagte sich irgendwie von selbst. Die Gegenfrage lautete klipp und klar: »Wie lange bleibst du in Köln?« Ich sagte: »Ich fahre weiter, ich bin ja nur auf der

Durchreise.« Ich merkte, daß ich log, denn wenn man nirgendwohin will, ist man auch nicht auf der Durchreise.

Ihr Mund ist schön. Ich hatte dauernd das Gefühl, daß sie von Natur mutig und freundlich sein müsse. Vor allem aber, daß sie mich gern mochte. Ich sagte ihr, daß ich kaum jünger sei als ihr Vater. Ich sagte ihr sogar, daß ich Lehrer sei. Ich hoffte insgeheim, daß der »Aufstieg« vom Studenten zum Lehrer sie davon abschrecken würde, irgendwelche Hoffnungen in mich zu setzen. Warum zum Teufel hatte ich gesagt: »Ich liebe dich«? Sie fand alles auf eine respektvolle Weise komisch. Wir verabredeten uns: in drei Tagen werde ich wiederkommen. Sie wird ihren Eltern sagen, sie wohne eine Weile bei ihrer Freundin in Lövenich. Sie scheint ihre Eltern gern zu haben und nur sehr ungern zu belügen. Wenn sie sich aber dazu entschlossen hat, weil sie es für wichtig hält, tut sie es guten Mutes. Ich werde eine Freundin von ihr anrufen, wenn ich wieder in Köln bin. Ihre eigene Adresse gab sie mir auch, aber sie hatte kein Telefon.

Wir gingen dann zurück zum Römisch-Germanischen Museum. Sie schloß ihr Fahrrad los, schwang sich darauf und fuhr winkend ab. Was hatte sie bloß alles in ihren Gesäßtaschen? Jetzt, da ich wenigstens räumlich Abstand gewann, sah ich es wieder. Blue Jeans sind im Grunde eine Fehlkonstruktion. Für Männer übrigens besonders, ich muß das heute erneut feststellen.

Um 19 h 16 fuhr ich nach Bonn. Am dortigen Bahnhof wird gebaut. Davor stand ein blonder junger Mann mit einer Volkszeitung, der mit einem etwas betrunkenen, aber gutmütigen Älteren ins Gespräch gekommen war. »Es stimmt doch, oder?« fragte der Blonde. »Die Herrschenden wollen doch nichts wissen vom Volk.« – »Weiß ich nit«, murmelte der Betrunkene. »Deshalb dienen sie auch nicht dem Volkö«, schlußfolgerte der Blonde, wobei mich das »ö« mißtrauisch machte. »Weiß ich nit«, murmelte der andere wieder. »Na, hat der Helmut Schmidt für dich schon mal was getan?« – »Weiß ich nit.« – »Aha!« – »Ich für ihn aber auch nit!« sagte der Betrunkene ernst und wandte sich zum Gehen. Jetzt faßte der junge Mann mich ins Auge. »Für mich gilt dasselbe«, sprach ich frisch. Und wandte mich zum Gehen.

Sonst denke ich in Bonn nur an Judith.

Sie interessiert sich für alles, was mit Zauberei zusammenhängt. Sie denkt sich die tollsten Dinge aus, aber nicht aus Leichtgläubigkeit. So erfindet sie zum Beispiel, daß man »durch konzentriertes Halb-Hinhören« (also eine Steigerung von unkonzentriertem Zuhören) den Nachrichtensprecher im Fernsehen durcheinanderbringen könnte, so daß er von vorne anfangen muß. Mit dem Köpke von der Tagesschau sollte man das einmal probieren. Es sei natürlich etwas schwerer als bei Lehrern, die direkt vor einem stünden.

Ich überlege, woran man eigentlich merkt, daß sie so jung ist. Am Aussehen nicht unbedingt, höchstens an ihren Händen und am Hals, die Haut ist so glatt.

Ich bin jetzt etwa 4000 Kilometer mit der Bahn durch die Bundesrepublik gefahren. Es gefällt mir gut.

Ob Judith sich in mich verliebt hat?

Ich gehe noch ins Kino: ›Das Netz der tausend Augen‹. Wer denkt für gute Filme nur immer solche Titel aus? Morgen fahre ich nach Adenau – vielleicht ein schöner Endbahnhof.

Am Morgen des übernächsten Tages, in Heidelberg. Von Bonn fuhr ich in aller Frühe schon nach Remagen, dann nach Adenau, einem wirklich hervorragenden Endbahnhof, und zurück, von Remagen wieder weiter über Mainz und Mannheim nach Heidelberg. Dort bummelte ich etwas müde herum. Im Collegium Academicum wurde Flöte gespielt, ich hörte eine Viertelstunde draußen vor der Türe zu. Ich wollte abends ins Kino und aß vorher

Kabeljau. An meinem Tisch – es war ein sehr großer Tisch – saß eine Frau mit einem dünnlippigen, geschwungenen Mund und traurigen, ins Leere blickenden Augen. Sie hatte etwas von einer Nonne, etwas Abwesendes. Versenktes, denn der Mund lächelte immerzu ein wenig, was nicht zu den traurigen Augen paßte. Plötzlich blickte sie mich konkret an und fragte, was für ein Fisch das sei, den ich da äße. Ich war verblüfft, denn ich hatte mich mehr auf eine Bemerkung über die Vergänglichkeit des Irdischen eingestellt. Sie bestellte dann ebenfalls Kabeljau. Später redeten wir über Sexualität und indische Gurus. Aus dem Kino wurde nichts, aber ich mag Belmondo sowieso nicht. Sie heißt Gisela und fliegt übermorgen nach Indien, um sich selbst und ihr Glück dort zu finden. Mein erster Eindruck stimmte also. Sie kommt aus Liechtenstein, wo auch ihre Eltern wohnen. Ich dachte immer, dort hätte man höchstens einen Briefkasten.

Vielleicht findet Gisela in Indien, was ihr hilft. Ich fragte sie sofort, ob sie ein Rückflugticket gelöst hätte. »Das schon«, sagte sie. Sie gab mir aus dem Kopf die Adresse einer Berliner Meditationsgruppe, die auf dieselbe Weise meditiert wie sie. Ich machte mir eine Notiz, denn ich wollte sie nicht kränken. Ich begleitete sie nach Hause. Seit Judith denke ich noch schneller an Liebe bei allen Frauen. Sie war müde-zerbrechlich, stumm-zärtlich und irgendwie herbstlich. Sie sagte, Europa sei kalt und leer, die Seele würde hier zerstört. Ich entgegnete, ich liebte die Frauen, und ich sähe einen großen Reichtum um mich herum, weil es so viele davon gebe. Als ich sie streichelte, schloß sie die Augen und lächelte ein wehes, feines Lächeln. Wieso findet sie Europa kalt und leer, während ich zärtlich zu ihr bin? Ich war nicht etwa persönlich gekränkt – ich konnte mich nur nicht hineinfühlen. Es war eine friedliche Nacht zwischen lauter Blumen.

Morgens holte ich mein Gepäck im Hotel, und im Moment frühstücke ich dort noch einmal. Ich habe Giselas

Tee gelobt, aber insgeheim doch schon die erste Tasse Kaffee ins Auge gefaßt. Am Nebentisch sitzt eine Gruppe von bayrischen Rallyefahrern, kräftige Männer, einige mit Bauch, und kräftige Mädchen, die sich sehr schnell bewegen, männliche Witzchen tüchtig belachen und offensichtlich ganz dazugehören wollen. Alle haben etwas vollkommen Unbeirrtes in dem, was sie sagen, und das mag ich, obwohl ich nicht weiß, wie es zustande kommt. Einer, der bisher noch nichts gesagt hat, erzählt von Schweißarbeiten an seinem Fahrzeug, dann von den anschließenden Spachtelarbeiten, und schließlich schildert er knapp und klar die Arbeit des Lackierens.

Alle hören mit Respekt zu. Der Erzähler schließt die Lackierarbeiten ohne jegliche Pointe ab. Kurze Pause. Darauf ein anderer: »Und?« Darauf ein dritter: »Und dann hat's ganz gräuslich ausg'schaut.« Alle lachen fröhlich und der Erzähler mit.

Dagegen nun an meinem Tisch ein richtiger Oberstudienrat mit dem sorgenvollen Gesicht und der ständig etwas beleidigten Miene, betont aufmerksam nach allen Seiten grüßend und automatisch registrierend, wer nicht zurückgrüßt. Er sucht mit vorläufig-fahrigen Bewegungen Ordnung auf dem Frühstückstisch zu machen, auf dem nichts zu ordnen ist. Der Mann ist deutlich arm dran. Ereignisloser Lebenslauf bei gleichzeitigem Streß und fester Besoldung. Entwicklung eines Wahnsystems, dann Beförderung zum Studiendirektor. Festigung des Wahnsystems und Ernennung zum Schulleiter. Plötzlich fühlt er sich gesund, dafür wird die Schule krank. Nun wird er Leiter eines Schulpraktischen Seminars und bildet Referendare aus: Ole Reuter in 20 Jahren!

Spannend wird es an der Klapptür zur Küche. Die klappt der Serviererin, wenn sie mit einem Tablett voll Geschirr hinausgeht, jedesmal mit Wucht entgegen, weil genau dann der Kollege kommt. Ich warte noch eine Weile erfolglos und gehe dann doch lieber zum Bahnhof.

Meine Art des Reisens ist ideal: Ich komme immer rechtzeitig zum Zug, ganz gleich, wann ich eintreffe. Es läuft gerade ein Zug nach Kassel ein, allerdings schrecklich voll. Ich reise stehend, an eine Außentür gelehnt, und wechsle Blicke mit einer jungen Schwarzhaarigen mit sehr gerader Kinderstirn und rotem Pullover. Als ich aus dem Fenster schaue, damit sie mich in Ruhe ansehen kann, betrachte ich bewußt die weiter entfernt liegenden Objekte, denn ich weiß, daß dies dem Blick etwas Ruhiges gibt. Hinter der hübschen Schwarzhaarigen steht eine Dünne mit Raffzähnen, die sich gemeint fühlt, das macht die Sache kompliziert. In Frankfurt steigen viele Leute aus, auch die Dünne. Jetzt können die Schwarzhaarige und ich zueinander. Sie hat einen offenen, lebhaften Blick. Ihre Augen haben einen gelbbraunen Innen- und einen dunkleren Außenkreis, dazwischen spielen sie ins Grüne. Das Mädchen hat einen ganz zarten winzigen Flaum auf der Oberlippe, und ich weiß sofort, daß es jetzt darauf ankommt, diesen mit der Zungenspitze befühlt zu haben. Wir sprechen miteinander. Sie gehört zu den Mädchen, die »flirten«. Aber dann geht es um behinderte Kinder, mit denen sie zu tun hat, und sie sagt lauter reale, einleuchtende Sätze darüber. Sie fährt bis Kassel, ich natürlich auch. Wir verabreden uns: 7 h 30 an der Bahnhofsuhr.

Abendsonne. Ich bin nach Wilhelmsthal gefahren. Das Gasthaus gibt es noch, aber jetzt modernisiert. Im Park ein Schwan auf dem Teich, ein Veilchen neben einer Baumwurzel, jetzt läutet sogar noch eine Glocke aus der Richtung des Gasthofs, die goldenen Putten glänzen in der Sonne, und eine Amsel hüpft auf dem Rasen. Ich miete ein Zimmer und breche wieder nach Kassel auf. Angela kommt. Wir sehen durch ein Münz-Fernrohr in den Mond und trinken Wein in einem sonst langweiligen Lokal. Ich erkläre ihr, daß ich sie gerade hätte küssen wollen und warum ich es dann doch nicht getan hätte, und dann tue ich es. Viele Frauen sind hübsch, aber nur sehr wenige haben so einen herrlichen winzigen Flaum auf der Oberlippe. Ihn mit der Lippe zu fühlen ist noch schöner als mit der Zunge. Ich möchte schrecklich gern, daß sie mitfährt nach Wilhelmsthal, aber sie wohnt hier bei Verwandten und hat außerdem sehr klare Prinzipien. Am Tisch gegenüber sitzt ein Gastarbeiter und blickt herüber. Ich merke, daß es eigentlich gemein ist, vor den Augen eines Mannes, der es in einem fremden Land mit Frauen schwer hat, ein solches Mädchen zu küssen. Andererseits denke ich mir, daß er selbst diesen Gedanken lächerlich finden würde. Ich bringe dann Angela zu ihrem Haus, und wir sagen uns Lebewohl.

Im Zug von Kassel nach Bad Wildungen und Hagen, am nächsten Vormittag. Morgens versuchte ich per Anhalter von Wilhelmsthal nach Warburg zu kommen. Statt der Autos kam aber nur eine riesige Schafherde, die die ganze Landstraße weit und breit füllte. Da kann man schlecht per Anhalter weiterkommen. Die kleinsten Schäfchen knabberten voller Neugier am Henkel meiner Reisetasche herum, der sah für sie aus wie ein saftiger Stengel. »Bäh!« sagten die Schafe und wiederholten das mehrmals laut und deutlich zum Mitschreiben. Und die Ältesten sagten »böh«. Es dauerte ewig, bis die Herde durch war. Mitten zwischen den Schafen dachte ich, ich wollte lieber zum Film als in die Schule. Eine freundliche, aber etwas laute Taxifahrerin nahm mich dann für zehn Mark bis Kassel mit.

Die Bahnstrecke Kassel-Hagen ist so, wie ich es mir immer gewünscht habe, die reinste Idylle, die echte Eisenbahn. Niedliche Gnom-Kirchlein, ein Bahnhofsgebäude mit Rosettenfenstern: »Guntershausen«. Krüppelwalmdächer, ein Fluß, der sich an einem Hügelsaum entlangkrümmt. »Grifte«. Ein alter Backofen, Dorfteiche, ein riesiger alter Einzelbaum hinter dem Fluß, dann der Fachwerkbahnhof von Altenbrunslar. Obstbaumgesäumte Wege in die Wälder hinauf. Ist das auf dem Hügel eine Burg? »Wabern«. Ein Zug nach Westerland steht ein paar Gleise weiter. Ein Schloß zur Linken, man sieht es nur beim Zurückblicken. (Gibt es ein Schloß Wabern?) Auf einem Hügel ein beachtlicher Dom, er gehört zu Fritzlar. Etwas weiter eine bunte Holzbaracke, auf welcher steht: »Pommernfleiß«. Reitställe. Gerade sind viele schöne Pferde zu sehen, und auf ihnen vornehm gekleidete Herren in Schwarz, mit weißen Halstüchern und Zylindern.

»Ungedanken«. Vier dicke Schweine reiben sich an einer Gartenmauer. Dann »Mandern« oder so ähnlich. Eine sehr massive und stabile Schranke für einen winzigen Feldweg. Vielleicht sind hier die Traktoren manchmal größer als die Bahn.

»Wega«.

In den Schrebergärten von Bad Wildungen fangen sämtliche Hunde, große und kleine, beim Vorbeifahren des Zuges an zu bellen. Vier Reiter am Hanggrat gegen den blauen Himmel. Ein Bussard kreist.

Der Zug verläßt Bad Wildungen in der Gegenrichtung, wie soll ich das verstehen? Schon wieder »Wega«! Jetzt macht er eine Kurve, er hat einen Haken geschlagen.

»Anraff«. Wir fahren unter einer alten Steinbrücke durch, darauf stehen zwei Mädchen. Ich winke, sie winken zurück. Eine Zugfahrt wie ein Waldspaziergang. Lichter Laubwald rechts, man sieht bis auf den braunen Boden durch. Ortsschilder: »Netze«, »Höringshausen«, »Korbach«. In Korbach gibt es zwei Kirchen, die eine scheint mir schief zu stehen. Ein Mann steigt zu und verabschiedet sich mit Kuß von einer jungen Frau. Sie sagt: »Ich gehe weiter nach vorne, da kann ich länger winken.« Bei der Weiterfahrt sehe ich sie am Ende des Bahnsteigs stehen, winken und – weinen. Dann schließe ich das Fenster, drehe mich um und sehe, daß auch der Mann weint.

Waldhügel, nichts als Wald. Was sich auch immer verändern mag, der Wald ist jederzeit »so wie früher«. Der Zug fährt etwa ein schnelles Fahrradtempo. Blumenpflücken wäre möglich. Hochsitze, zwei Eichelhäher, »Eimelrod«, »Usseln«, ein Gasthaus neben riesigen Rundholzstapeln. Wir fahren über eine Eisenbahnbrücke hoch über Willingen, sie ist so eindrucksvoll, als hätten die Römer sie noch gebaut. In Brilon-Wald wird der Zug voll, ein Kegelausflug aus dem Ruhrgebiet auf der Heimreise.

In Hagen steige ich um.

In Köln gehe ich stracks ins Hotel. Ich veranstalte einen Wasch-Abend. Mein Herz klopft, wenn ich an Judith denke. Morgen kommt sie. An die anderen Frauen denke ich nicht mehr so stark, aber vergessen werde ich sie auch nicht.

4. Von Köln nach Köln

Heute kam Judith mit dem Bus an, sie trug einen dunkelblauen Pulli, eine feine, blau-weiß gestreifte Bluse, einen Jeans-Hosenrock und Stiefel. Mund und Augen waren noch schöner, als ich sie in Erinnerung hatte. Wir küßten uns und gingen in den Tierpark. Dort küßten wir uns auch und fanden, daß wir ins Hotel gehen sollten. Judiths Großvater heißt Kaspar und kommt aus Schlesien. Wir aßen Eis. Etwas später gestand sie mir, sie müsse jetzt unbedingt etwas Kräftiges essen, das sei bei ihr nach Eis immer so. Als wir an einem Affenkäfig vorbeigingen, machte eines der Tiere plötzlich ein ungeheures Getöse. Judith zuckte zusammen und erklärte mir, sie sei schreckhaft. Ich erfuhr, daß man in Brauweiler leicht schreckhaft wird, weil die Leute immer so plötzlich vor einem auftauchen. Sie gehen nämlich nicht auf der Straße, sondern nehmen Abkürzungen und treten dann unvermutet hinter Hecken und Gebüschen hervor.

Wir aßen etwas Kräftiges und schoben uns dann am erstaunten Blick des Portiers vorbei zu meinem Hotelzimmer.

Judith hat Vertrauen zu dem, was ihr Kopf sich ausmalt. Daher hat sie in allem eine frohe Entschiedenheit, auch in Dingen, die sie noch nicht so recht kennt. Es hat nichts mit vorgefaßter Planung und Willensanstrengung zu tun, sondern es ist eine Entschiedenheit des Sich-Anvertrauens.

Es gibt nichts Schöneres, als tagsüber zusammen im Bett zu liegen und miteinander zu sprechen. Aus dieser Unterhaltung entsteht alles andere, wenn sie Naheliegendes mit einschließt und keinen Vorbildern folgt.

Abends fuhr Judith mit dem letzten Bus nach Brauweiler zurück. Beim Abschied kam ich auf die Leute hinter den Hecken zurück. Da solle sie lieber vorsichtig sein, sagte ich wie ein Vater.

Judith aus Brauweiler. Die ist es vielleicht.

Trotzdem bin ich ausgerissen. Ich fuhr noch in der Nacht, schlief im Zug. Jetzt sitze ich in Varel am Jadebusen und denke über alles nach.

Ich schickte Judith ein Telegramm, ich müsse in einer dringenden Sache für einige Zeit wieder nach Berlin. Telegramme sind dem Lügner gnädig, denn er kann sich kurz fassen. Ich sitze müde und zerschlagen in einem Gasthaus. In Varel gibt es offenbar kein Café. Hier bevorzugt man einen klaren Schnaps. Ich überlege, was ich von meiner Freiheit habe. Ein kleines Mädchen vom Nebentisch bringt mir einen Bierfilz und klatscht ihn freudestrahlend auf meinen Tisch. Das nimmt wohl etwas die Härte aus meinen Zügen, denn sofort bringt sie mir alles, was sie greifen kann: die anderen Bierfilze, die Pfeffermühle, die Speisekarte, den Leuchter, den Aschenbecher. Sie würde mir auch noch ihre Mutter bringen, aber die wehrt sich. Auch der Ober mißbilligt den Vorgang. Ich sage ihm, das sei eine Sache zwischen mir und der Kleinen, da könne er sich mal heraushalten. Er glaubt, das sei ein Witz. Ein Erwachsener.

Wenn Judith jetzt neben mir säße!

Rekapitulation: Ole Reuter, Studienreferendar, macht an einem Berliner Gymnasium in drei Wochen sein zweites Staatsexamen. Danach wird er in die Schule gehen, weil das Examen das so mit sich bringt und weil alles andere wenig Aussicht hat. (Wenn er aber durchfiele, dann hätte das »andere« – vergleichsweise – mehr Aussicht!) Wenn er nur einen Grund hätte, den ungeliebten Lehrerberuf doch auszuüben!

Andere verrenken sich geradezu, um in ihn hineinzukommen. Das Vernünftigste wäre, ihn wenigstens auszuprobieren. Aber er hat keine rechte Lust, vielleicht auch einfach keinen Mut. Für das Examen ist das keine gute Voraussetzung. Auch die Art seiner Vorbereitung ist nicht ideal. Zur Zeit sitzt er in Varel am Jadebusen und hat nicht einmal eine Frau neben sich, die ihn abhören könnte.

Varel hat eine Menge Backsteinhäuser, im Zuckerbäckerstil verziert. Fenster, Hauskanten und Eingänge sind weiß gerahmt. In jedem dieser Häuser wohnt bestimmt ein alter Kapitän der sieben Meere und verzehrt unter weitschweifiger Erzählung vergangener Abenteuer seine Pension. Ich wandere dem Meer zu. An einer Windmühle vorbei geht es über einen Bach, dann an einer endlosen Reihe von geleckten Einfamilienhäusern und einer Keksfabrik vorbei. Schließlich bin ich in Varelerhaven, einem kleinen Hafeneinschnitt hinterm Deich, mit Lagerschuppen, Bahngleisen, Fischhändlern und Krabbenkuttern. Es gibt auch ein Muschelkalkwerk und eine Aalräucherei. Am Jachthafen vorbei gehe ich bis zum Deich, denn ich will das Meer sehen. An der Deichschleuse werkeln vier

Arbeiter, einer von ihnen singt lauthals übers flache Land hin: »Siebzehn Jahr', blondes Haar.«

Das Meer besteht aus Schlick, wir haben Ebbe. In der Fahrrinne wartet ein Krabbenfänger darauf, hereingelassen zu werden. An der Innenseite des Deichs steht ein Haus mit Krüppelwalmdach, und davor zeigen sich ein edler Windhund, eine gelbe Katze und dreißig Meter flatternder Wäsche.

Jetzt geht die Schleuse auf. Der Krabbenfänger heißt »Hein Godenwind«; seltsam schräggelegt zieht das Schiff durch die Einfahrt dahin. Vom Hafen her tuckert ein alter Frachter, die »Dubhe«, mit blechernem Motorgeräusch hinaus. Die Schleuse schließt sich.

Ich kaufe mir Sprotten, geräucherten Aal und zwei Brötchen. Beim Fischhändler tummeln sich die Wirtsleute und die Katzen. Die letzteren scheinen es hier gut zu haben. Die Menschen holen sich »Granat« ab, so heißen die Krabben.

Judith wäre begeistert. Sie ist noch nicht viel gereist. Dennoch könnte sie mir wahrscheinlich vieles erklären, etwa: »Marsch«, »Watt« und »Priel«. All das habe auch ich in der Schule gelernt und längst wieder vergessen. Die Sprotten sind gut. Den Aal esse ich lieber erst, wenn ich mir danach die Hände waschen kann. Ich trete den Rückweg an.

Mir bereitet alles Unbehagen, was endgültig zu sein scheint. Das gilt zum Beispiel für Zielbahnhöfe, in denen ich aussteigen und bleiben muß. Judith, das weiß ich genau, hätte auch so etwas werden können.

Es gibt ein Hotel, das auf dreierlei Art geschrieben wird: »Hotel Viktoria«, »Hotel Vicktoria« und »Victoria Hôtel« – alle Schilder an der gleichen Fassade.

In aller Frühe fahre ich über Bremen nach Osnabrück und Paderborn.

Immer wenn ich von dieser Reise jemanden anrufe, ergibt sich folgender Dialog: »Von wo rufst du denn an?«

»Ich bin gerade in Varel (Paderborn, Treuchtlingen, Schluchsee, Urach ...).«
»Was um alles in der Welt machst du in Varel (Paderborn, Treuchtlingen ...)?«
»Das kann ich dir nicht so einfach erklären.«
»Ach, sieh mal einer an! (Schau, schau!, Ei ei!, Potz Blitz!, Aha, so so!) So einer bist du also!«

Jedesmal bleibt mir dann die bohrende Frage, für was für einen er mich hält und ob ich es wirklich bin.

Ich spaziere vier Stunden lang kreuz und quer durch Paderborn. Zuerst versuche ich herauszufinden, was es mit den Paderquellen auf sich hat, die mitten in der Stadt entspringen sollen. Ich sehe auch allerlei Gewässer und versuche ihren Ursprung zu finden, was mir aber nicht recht gelingt. Ich prüfe daher lieber nach, wie die Altstadt saniert werden soll. Auch hier stehe ich etwas ratlos, – die Altstadt scheint nur noch als Baugrube vorhanden zu sein. Auch im Dreißigjährigen Krieg machte Paderborn Fürchterliches durch, es lag zu sehr am Weg der großen Heere.

Von oben, direkt neben der Kirche, scheint die Sonne auf die fromme Stadt. Sie ist seit jeher bischöflich. Im Mittelalter wurden die Gebeine des heiligen Liborius hierher geschafft – auf Befehl Ludwigs des Frommen. Auch in den Schaufenstern der Buchläden geht es sehr religiös zu. Am späten Nachmittag fangen die Glocken an zu läuten. Gespräche sind dann nicht mehr möglich. Die Leute hier können alles längst von den Lippen ablesen.

Was denkt Judith, seit sie mein Telegramm hat? Ich hätte ihr sofort auch schreiben sollen. Jetzt kann ich das nicht mehr, denn für sie bin ja ich in Berlin. Was ist, wenn sie mich doch liebt? Die Sonne macht sich daran unterzugehen. Ich spaziere ihr etwas nach. Dabei komme ich am Bahnhof vorbei. Der nächste Zug nach Köln geht kurz nach sieben.

Dreißig Stunden später, im Zug zwischen Würzburg und Schweinfurt. Judith hat sich neben mir zusammengerollt und schläft, den Kopf auf meinem Oberschenkel. Ich schreibe dies eine Handbreit neben ihrem Ohr. Der Vorteil von Kugelschreibern wird wieder deutlich. Neben einer kratzenden Feder würde sie sicher nicht so friedlich schlafen.

Ich bin nach der Devise »Kino statt Obst« verfahren. Sie stammt von Judith. »Obst« steht für alles Gesunde, Vernünftige und für die Sparsamkeit. »Kino« ist Leben.

Ich kaufte eine Netzkarte für Judith. Mein Konto ist längst überzogen, vielleicht werde ich bald als Scheckbetrüger gesucht. Andererseits: Schulden sind ein willkommener Grund, den Weg in die Schule antreten zu müssen, und ich weiß, daß ich es nur tun werde, wenn ich muß.

Judith möchte viel sehen. Sie hat von allen, die ich kenne, das schärfste Auge. Wenn zwischen dem Zug und dem Horizont irgendwo Damen zu sehen sind, weiß sie augenblicklich, welche nur teuer und welche teuer und gut angezogen sind. Bei Herren sieht sie bis zu einer Entfernung von fünfhundert Metern, ob sie ihr gefallen oder nicht. Ich sehe bei solchem Abstand nur noch die Autotypen.

Bei Frankfurt sah sie auf der Autobahnausfahrt einen großen, schwarzen jungen Hund, der ratlos hin- und herlief, vermutlich von seinem liebenswürdigen Herrchen ausgesetzt. Sie fand, man müsse eigentlich die Notbremse ziehen und den Hund aufnehmen. Ich fand es auch, aber ich befürchtete Schwierigkeiten mit Hund und Schaffner. Sie hatte Tränen in den Augen. Ich entdeckte den ersten wirklichen Nachteil der Eisenbahn: man kann herrenlose Hunde nicht aufnehmen.

Zwischen Wiesbaden und Frankfurt erörterten wir, ob man eine Kreuzung zwischen Apfel und Pflaume herstellen könne.

»Schön wäre es ja«, meinte Judith, »sie würde rosig schmecken wie Pfirsich.«

Judiths Blick ist nicht nur scharf, sondern auch schnell. In Würzburg sah ich ein Mädchen mit außerordentlich knapp sitzenden Jeans auf einem niedlichen Hinterteil. Judith sah nicht nur Mädchen und Jeans, sondern auch meinen etwas versunkenen Blick. Gewisse kleinere Probleme des Reisens zu zweit könnten sich anbahnen.

Ich würde ganz gern etwas über Männer wissen, die Judith begegnet sind.

Sie wacht auf. Noch zehn Minuten bis Schweinfurt. Ich teile ihr mit, daß ich die erste Geschichte notieren will, die sie mir über sich und andere Männer erzählt.

Also: sie war vierzehn und malte zusammen mit anderen Freiwilligen das Jugendheim aus. Die anderen, das waren sechs Mädchen und ein Junge von fünfzehn. Als sie eine Weile gearbeitet hatten, fand man allgemein, daß der Junge schön aussehe – er arbeitete in der Badehose. Da bekam Judith Lust und malte ihn an, und die anderen machten mit. »Wie denn, nur oben, oder ganz?« frage ich. »Von oben bis unten, besonders den Po«, antwortete sie. »Und?« – »Und dann wuschen wir ihn wieder ab, die Farbe war ja wasserlöslich. Er sah aber wirklich unheimlich gut aus.«

In Schweinfurt stiegen wir um in Richtung Bad Neustadt. Von dort aus wollte Judith mit einem Güterzug weiterfahren. Ich hielt das für unmöglich und streng verboten, aber sie fragte einige Leute – Männer –, und eine Stunde später saßen wir, ich weiß nicht wie, auf zwei Kisten in einem leeren Güterwagen, der nach Königshofen rollte.

Verrücktheit erweitert den Erfahrungskreis. Ich weiß jetzt zum Beispiel, daß man aus einem Güterwagen wenig sieht und daß es dort recht kalt sein kann. Ich füge aber hinzu, daß man natürlich durch Autosuggestion zu der Überzeugung kommen kann, es sei drückend heiß. In diesem Fall kann man in einem Güterwagen gefahrlos die Kleider ablegen, tanzen oder sich lieben. Bis Königshofen wurde es uns dann doch zu kalt, und wir zogen alles wieder an.

Am Zielbahnhof war die Toilette verschlossen. Die Tür zierte ein Schild: »Der Schlüssel ist beim Stationsvorsteher abzuholen.« Wir nahmen das nicht übel, denn es gibt auf der Strecke keinen Personenverkehr mehr, und wir waren so etwas wie blinde Passagiere. Der Stationsvorsteher sah uns lange an und gab uns den Schlüssel mit steinerner Korrektheit, wie sie sonst nur Bürgermeister besiegter Städte gegenüber dem Eroberer zeigen.

Königshofen ist eine nicht sehr wohlhabende Ackerbürgerstadt mit engen Gassen und teilweise etwas finsteren Häusern. In der frühen Neuzeit war es stark befestigt. Es gibt einen großen, schönen Marktplatz oder Stadtplatz mit einer Gaststätte »Schlundhaus«, einem der ältesten Häuser hier. Darin kann man eines der kleinsten Heimatmuseen besichtigen: einen Schaukasten im Eingang, der von alten Römermünzen über Feldpostbriefe aus dem Ersten Weltkrieg bis zur halbgerauchten Zigarre aus den dreißiger Jahren alles enthält, was die Gäste jemals im Schlundhaus liegengelassen haben. Königshofen heißt heute »Bad« und hat ein Kurzentrum mit Schwimmhalle. Ein paar hundert Meter weiter zieht ein pflügender Bauer ungerührt seine Furchen. Der Gau ringsum heißt »Grabfeld«, er soll reich an alten Wasserschlößchen sein. In der Stadt gibt es viele scheu und hastig davonschlüpfende Katzen, die an freundlichen Zuspruch offenbar nicht gewöhnt sind.

Am nächsten Tag. Wenn Judith von einer Idee gepackt ist, kann sie sehr gut ihren Willen durchsetzen. Entgegen meinen Plänen fahren wir per Anhalter zu einem Wasserschloß. Es steht in stolzer Einsamkeit am Waldrand, ein großer grauer Stockzahn von Schloß mit ein paar Stallungen ringsherum. Im Schloßgraben ist kein Wasser, aber es quaken dort so viele Frösche, daß man ihn als solchen immerhin erkennen kann. Wir gehen in den Wald. Es ist viel wärmer als am Vortag. Wir breiten auf einem völlig abgelegenen Sonnenplätzchen unsere Decke aus. Kein Weg weit und breit. Judith beäugt mißtrauisch eine dicke Spur im Gras der Lichtung. Ich erkläre ihr im Eifer kurzerhand, es sei ein Wildwechsel. Kaum haben wir es uns bequem gemacht, da kommen auf dem »Wildwechsel« in gestrecktem Galopp drei Reiter vorbeigesprengt. Die Pferdehufe wirbeln Schlammbatzen auf, Judith bekommt einen Klecks auf die zarte weiße Hüfte. Wir ziehen um, und ich höre eine bittere Bemerkung über meine Waldinstinkte. Ich wage nicht zu bekennen, daß ich es besser wußte.

Am Schloß treffen wir die drei Reiter wieder. Sie mustern uns mit diskretem Interesse. Wir besichtigen die Pferde. (Judith kann etwas reiten, sagt sie.) Das Schloß gehört heute immer noch einem Grafen. Einer der Reiter ist sein Sohn. Er sagt, er führe in einer halben Stunde mit dem Auto nach Coburg. Wir fahren mit. Eigentlich wollte ich nur bis Maroldsweisach, um dann mit der Bahn über Breitengüßbach nach Coburg vorzudringen. Aber Judith findet Gefallen an dem Grafensohn und er an ihr – er hat wohl schon vom hohen Roß herab ein Auge auf sie geworfen.

Vom Auto aus haben die Dörfchen kein Gesicht mehr. Sie heißen »Selber billiger tanken« oder »Reifen Meyer« und bieten erst einmal nur Asphaltflächen dar. Der junge Graf fuhr vor Coburg zunächst in eine kleine Straße namens »Kriegerdank« (Wer dankt hier wem?) und sagte dort jemandem Bescheid, vielleicht einer Freundin. Er fuhr uns dann nach Coburg hinein, und Judith nahm ihm das Versprechen ab, mal eine Postkarte zu schreiben.

Wir wohnen in einem seltsamen Hotel, einem großen Gebäude, vielfach verbaut und verschachtelt, mit pompösen Bildern, Spiegeln und Teppichen, aber etwas muffig. Es sieht aus, wie ich mir ältere Hotels in Leningrad vorstelle: in der Zarenzeit das erste Haus am Platze, heute Überbleibsel der Autokratie und nur für Touristen aus dem kapitalistischen Ausland und Delegationen aus Kasachstan aufrechterhalten. Die Ober sind vornehm gekleidet und bewegen sich, als bedienten sie nur vom Großfürsten an aufwärts. Man weiß aber nicht: sind sie heimliche Anhänger der alten Zeit oder linientreue Parteimitglieder. In die Liste trage ich mich mit der Berufsbezeichnung »Metronom« ein. Das tue ich immer, wenn ich mich weder als Student noch als Lehrer fühlen will, sondern auf respektvolle Aufnahme aus bin. Aus Erfahrung weiß ich, daß Metronomen von den meisten Menschen für Angehörige eines nützlichen und gutbezahlten Berufs gehalten werden. Diesmal also: »Metronom mit Frau«.

Wir besichtigen die Veste Coburg. Im Burghof steht eine dicke alte Kanone. Warum hat man vor der Mündung einer großen Kanone ein weit unbehaglicheres Gefühl als vor der einer kleinen? Wenn sie losgeht, ist man bei der einen so tot wie bei der anderen. In einem Flügel der Burg können wir Glaskunst besichtigen. Manche Gebilde sind so schön, daß man das Auge nicht losreißen kann, andere sehen aus, als sei die Kanone droben wirklich einmal losgegangen.

Judith findet das Schloß Ehrenburg unten in der Stadt am schönsten. Hier möchte sie ihren achtzehnten Geburtstag feiern. Die Gäste müßten alle mit der Bahn kommen.

Abends gingen wir ins Kino. Ein ausverkauftes, erwartungsvoll gestimmtes Kino ist ein Erlebnis. Die Phantasien über den bevorstehenden Film bekommen Bärenkräfte. Wenn er dann wirklich spannend ist, wird die Sache unvergeßlich. Die Leute jubelten und klatschten in die Hände, als der schlimmste der Bösewichter endlich nach langem Zieren mit seinem Auto in den Abgrund stürzte.

Mitten in der Nacht wachen wir auf, denn im Zimmer neben uns singt jemand langanhaltend und gar nicht gut. Er kündet vom deutschen Wald oder Rhein und muß wiederholt zum Städtele hinaus. Wir klopfen an die Wand, aber das nützt nichts. Die Zimmer haben in diesem Flur keine Dusche, sonst wäre die Erklärung einfach. »Vielleicht steht er unter einer imaginären Dusche, die er sich nur einbildet«, meint Judith. Wir legen uns wieder ins Bett und konzentrieren unsere geistigen Kräfte gemeinsam auf den Wasserhahn der imaginären Dusche. Es gelingt uns offenbar, ihn zuzudrehen, denn wir wachen am Morgen gut ausgeschlafen auf.

Bei einem langen Frühstück sprechen wir zum ersten Mal ausgiebig über die Schule. Das Schlimme ist, daß Lehrer und Schüler grundverschiedene Wünsche an das Leben haben. Gäbe es nur die Schule, dann würde sich alles gut ergänzen: die Schüler wünschen sich hilfreiche, gerechte und entschiedene Lehrer, und diese wünschen sich vertrauensvolle, neugierige und fleißige Schüler. Wenn aber beiden Seiten zu viel von diesen Eigenschaften fehlt, wird der Wunsch nach Leben wach: jede Seite wünscht die andere zum Teufel oder noch Schlimmeres. Judith möchte wissen, was noch schlimmer sein könnte. Ich denke lange nach. Der Lehrer wünsche sich zum Beispiel, daß er eine ganz besonders faule und aufsässige Schülerin eines Tages als käufliche Liebesdienerin an der Bordsteinkante wiedersieht, vielleicht sogar an sie herantritt. Und das nicht, um nur den Zeigefinger zu heben!

Was aber wünscht sich die schlechte Schülerin?

»Daß er sich dabei blamiert!« antwortet Judith mit Selbstverständlichkeit.

Abends in Kronach. Der Tag hatte es in sich. Wir fuhren zu einem langweiligen Ort bei Coburg mit großen Möbel- und anderen Fabriken. Wir erwischten aber ein kleines Bähnchen, das sicher überhaupt nur noch wenige Male fahren wird: über Sonnefeld, Mödlitz und Leutendorf nach Hofsteinach. Es war eine Wiesenbahn, die viele Kurven und Hügel zu bewältigen hatte. Vier Telefondrähte schwangen emsig neben dem Fenster auf und nieder. In Hofsteinach stiegen wir aus, weil uns die Waldhügel gefielen. Wir wanderten quer über die Felder und gelangten zu einem Dorf mit einem freiherrlich-würzburgischen Wasserschloß, das von einem wohlgefüllten Wassergraben umgeben war. Hinein kamen wir nicht, nur in den äußeren Hof, in dem rechts und links von der ehemals freiherrlichen Zufahrt zwischen Wappen und Putten lauter Gemüsebeete angepflanzt waren.

Hinterm Dorf sahen wir gute Pferde. Judith war nicht mehr zu halten. Diesmal war es kein Graf, den sie per Roß kennenlernte, sondern ein stattlicher Gestütsbesitzer (bürgerlich), der uns sogar zum Mittagessen einlud. Ohne Judith wären solche Genüsse nicht möglich, aber es kommt noch besser! Sie fragte dreist, ob wir ein wenig reiten könnten. Ich warf sofort ein, wir müßten dringend weiter, wir seien ja nur auf der Durchreise. Aber der Pferdekönig, von unserer Art des Reisens angetan, machte von sich aus einen Vorschlag: er würde mit uns nach Kronach reiten, und sein Schwager, der sowieso in die Stadt müsse, könne im Auto unser Gepäck und seine zwei Söhne mitnehmen. Diese würden die Pferde dann zurückreiten. Alles war begeistert, Judith machte Anstalten, ihm um den Hals zu fallen – ich bemerkte es rechtzeitig und umarmte sie schnell selbst.

Judith bestieg einen alten Trakehner, dem man gleich anmerkte, daß er früher hohe Dressuren gegangen war – er schien mir ziemlich schwach auf den Beinen. Mir vertraute man einen Oldenburger Wallach an, fünf Jahre alt, Vater Bucephalos. Es war ein schöner Fuchs, der hoch im Blut stand und als einziges Abzeichen einen Stern trug.

Über den schon leuchtend grünen Wiesenhügeln stand die volle Nachmittagssonne. Die Bäume schlugen so kräftig aus, daß man geradezu ausweichen mußte. Judith gestand mir, sie würde am liebsten nackt auf dem Pferd sitzen. Ich räumte ein, daß dies in die Landschaft passen würde.

Es ging über Seelabach, einen Ort unterhalb von Seelach zum Schützenhaus am Rande von Kronach. Den Festungsturm der Veste Rosenberg sah man schon von weitem in der Sonne schillern. Judith machte ihre Sache nicht schlecht. Sie ritt gefühlvoll, das Pferd trabte losgelassen.

Am Schützenhaus übergaben wir die Pferde, Judith erhielt reiterisches Lob von beiden Seiten. Diesmal war sie es, die versprechen mußte, eine Postkarte zu schreiben. »Als Signal aus der Außenwelt«, sagte der stattliche Gestütsbesitzer mit Blick auf mich.

Wir wohnen in einem Gasthaus in der unteren Stadt. Judith schläft schon, ich trinke noch ein Bier im »Wirtshaus zum Scharfen Eck«. Ich schreibe die Ereignisse des Tages auf, und da es viele waren, werden es drei Biere. In diesem Haus ist Lukas Cranach geboren. Das veranlaßt mich, noch ein Bier mehr zu bestellen.

Hier bekommt man ein Frühstück nach Judiths Geschmack: kräftig und mit »ganz viel guter Butter.«

Die Reise zu zweit hat gute und schlechte Seiten. Gut ist es, sich nah zu sein und Geschichten dort zu erzählen, wo sie passiert sind oder passieren könnten. Schlecht ist, daß ich nie allein sein kann. Eine tägliche Dosis Alleinsein – nur wenige Stunden – würde mir meine Liebenswürdigkeit länger erhalten.

Nürnberg. Diesmal schlief ich im Zug, Judith hielt Wache, las oder schaute hinaus. Es war für mich gestern doch etwas spät geworden. Wir gehen ins Germanische Nationalmuseum. Jetzt mache ich meinen Grundsatz geltend, lieber allein durch Museen zu gehen und mich mit

Gefährtinnen erst wieder am Ausgang zu treffen. Das Museum heißt zwar ähnlich wie das in Köln, enthält aber vor allem Deutsches aus dem Mittelalter und der frühen Neuzeit, Bilder, Schnitzereien, Geräte, alles. Mitten zwischen den alten Meistern finde ich ein hübsches Mädchen mit Kopftuch und bezauberndem Hals – kein Bild, sie bewegt sich. Ich habe nicht ernstlich vor, sie von den Meistern zu trennen, irgendwie fehlt das Ziel. Immerhin entsteht in meiner Phantasie für einen Moment wieder eine vernachlässigte Dimension des Reisens, sie heißt: »andere Frauen«. Wieder sehe ich Jerxheim vor mir, das Jerxheim aus dem Fahrplan.

Wie groß mag es sein? Ich stelle mir eine mittelalterliche Stadt vor, mit unbeirrtem Tagwerk wie die Städte am Beginn aller Märchen. Nur manchmal wird sie von einem herumziehenden Zauberer durcheinandergebracht, der seine Bude auf dem Marktplatz aufstellt. Der Zauberer bin ich. Und dann stelle ich mir die Bäckerstochter vor, von mir bereits verzaubert, ihre Verführung und ihre frischen, knusprigen Backwaren.

Würzburg, am nächsten Tag. Judith ist es gelungen, mich andere Frauen wieder sehr vergessen zu lassen. Am Tisch neben uns frühstückt ein Paar, dessen Nacht gewiß weniger harmonisch verlaufen ist. Er sitzt schon am Tisch, als sie herunterkommt. Er steht nicht auf, sein Gruß lautet: »Ach, laß mich in Ruhe! Guten Morgen!«

Wie lange wird es dauern, bis es sich bei uns ähnlich anhört? Wir sprechen darüber. Reisen und Lieben – eines stört das andere. Reisen ist frei sein, und Freiheit hat mit Liebe nicht direkt zu tun, oder nicht immer. Auch Judith sieht es so.

»Wenn man getrennt reisen und trotzdem zusammen bleiben könnte!« Was ich als Spaß meine, bringt Judith auf eine Idee. Sie denkt an Sprechfunkgeräte, Walkie-Talkies, mit denen wir uns dauernd unterhalten könnten, auch wenn jeder seine eigene Reise machen würde. Ich winke ab: die Reichweite! Man könnte es mit dem Telefon probieren. Jeder ruft abends zwischen acht und halb neun Judiths Freundin in Lövenich an und hinterläßt, wo er zu erreichen ist. Um zehn Uhr telefonieren wir dann direkt miteinander, da ist es billiger. Judith ist dafür, es auszuprobieren. Wir rufen also Caroline in Lövenich an – mitten am hellen Tag – und bekommen ihr Einverständnis. Es müsse aber schnell gehen – wegen des Fernsehens: zwischen acht und zehn guckt sie.

Das vorhandene Geld wird geteilt. Judith verspricht mir, nicht nachts zu reisen und sich nicht auf der Straße aufzuhalten. Hoffentlich hält sie sich daran, sie ist unvorsichtig.

Wir trennen uns auf dem Würzburger Bahnhof. Es ist möglich, daß wir uns nicht wiedersehen, – das wissen wir. »Bitte nicht meinen Kopf halten«, sagt Judith, »ich heule dann immer so leicht.« Mein Zug nach Hannover fährt ab.

»Bis heute abend!« rufe ich. »Vielleicht sind wir ja ganz nah beieinander.«

»Dann fahre ich schnell zu dir«, antwortet Judith. »Eigentlich möchte ich ja jetzt schon wissen, wo du dann bist.«

Kaum ist mein Zug unterwegs, plagen mich schon Gewissensbisse. In Fulda steige ich aus, um zu essen. Es will kein Appetit aufkommen. An der Wand hängt das »Gesetz zum Schutz der Jugend in der Öffentlichkeit vom 27. 7. 1957«. Alles, aber auch alles lenkt meine Gedanken zurück zu Judith, sogar das blau-weiße Fußgängerschild, auf dem ein Mann ein kleines Mädchen an der Hand hält.

Abends treffe ich in Gifhorn ein. Rundherum liegen große Moore. Hier fließt die Ise in die Aller. Von der Allerbrücke aus sehe ich, wie mitten in dem braun dahersprudelnden Moorwasser ein junger Mann in Unterhosen herumwatet. Alle zwanzig Sekunden erscheint ein neuer Schaulustiger auf der Brücke und fragt hinunter, was er da tue. Die knappe Antwort lautet: »Ich suche mein Fahrrad.« Bald kommt auch die Polizei, bringt aber auch nicht mehr in Erfahrung. In diesem Moment findet er das gute Stück, zieht es aus der Brühe und stemmt es hoch, wie um ein für allemal sämtliche Frager zu befriedigen. Er hat harte Muskeln, sein Körper ist schön anzusehen. Die Brücke füllt sich mit Zuschauern, darunter vielen Mädchen, die mit Spannung verfolgen, wie der nasse Mensch sein Rad über die steile Uferböschung hinaufzubringen versucht. Oben bieten sich hilfreiche Hände an und bergen Roß und Reiter. Ich erfahre, daß es sich um den Racheakt eines Nebenbuhlers gehandelt habe. »Hat der auch ein Fahrrad?« frage ich den Jungen, der gerade von zwei energischen Frottierhandtüchern hin- und hergeschüttelt wird. »Nein, ein Motorrad.«

Um halb neun telefoniere ich mit Caroline. Judith ist in Karlshafen an der Weser. Caroline gibt mir die Nummer. Erst will ich bis zehn Uhr warten, aber ich weiß ja, daß man dann kaum durchkommt. Ich rufe also gleich an. Erleichtert höre ich Judiths Stimme. Sie hätte einen Moment lang gedacht, sie würde mich in Karlshafen finden. Wieso? Das wisse sie nicht, Instinkt. Der Ort sei idyllisch, friedlich, großzügig und liege an einem Fluß, das alles spräche für ihn. Ich frage, ob sie Männer kennengelernt habe. Ja, aber nur einen. Einen etwas angeberischen Berliner Antiquitätenhändler. Der habe erzählt, er sei der Trödel-Tiger von Charlottenburg. Ab Bebra sei er zärtlich geworden, deshalb sei sie umgestiegen, unter dem Vorwand, hier müsse sie raus, ihr Bruder hole sie ab. »Sehr gut!« murmle ich.

Judith fragt: »Können wir uns morgen treffen?« Jetzt, da ich sie gesund und untergebracht weiß, meldet sich das Freiheitsbedürfnis wieder. »Nein, noch nicht so schnell!« Judith ist enttäuscht. »Wo fährst du denn morgen hin?« –

»Ich weiß es noch nicht. Wahrscheinlich nach Süden. Baden-Württemberg.«

»Ich möchte mir jetzt mal eine alte Universität anschauen.«

»Ja, keine neue, das würde dich nur vergrämen.«

»Also bis morgen abend, möglichst auch wieder so früh.«

Im Gasthaus bestelle ich Kassler mit Sauerkraut.

Wenn sie nach Baden-Württemberg fährt und eine Universität ansehen will, dann wird sie mit dem großen Zug nach Freiburg fahren. Ich werde versuchen, sie zu treffen, denn die Vorstellung, sie im Arm zu halten, lockt wieder sehr. Für das Kassler interessiert sich respektvoll eine große Bulldogge. Ich komme mit Herrchen ins Gespräch.

»Toller Hund«, sage ich. »Sieht aus wie Churchill.«

»Ja, ja, er stammt ja auch aus dieser Zucht!«

Und als er meinen entgeisterten Blick sieht, fügt er hinzu: »Allerdings ist er eher etwas feige.«

Am nächsten Tag arbeite ich mich über kleinere Strecken bis zu einem Erster-Klasse-Zug nach Freiburg durch. Ein schneller Zug ist für Sorgen und Sehnsüchte ein gutes Mittel, auch wenn er genau in die falsche Richtung fährt. Ich war aber fast sicher, daß meine Rechnung aufgehen würde.

Am Abend. Die Enttäuschung ist groß: Judith ist nicht in Freiburg, sondern in Tübingen. Sie möchte mich gern sehen. Ob ich nicht morgen früh gleich nach Tübingen fahren könne? Das ist mir aber zu langweilig, ich bin mehr für das abendliche Glücksspiel. Tagsüber würde ich lieber am Oberrhein herumfahren: Säckingen, Waldshut, Schaffhausen. Wir könnten uns doch abends in Singen am Hohentwiel treffen.

Ich merke, daß Judith für die Tatsache empfindlich ist, daß ich etwas anderes will als sie. Um so eigensinniger beharre ich auf meinem Plan. Sie wird ablehnend, das Gespräch bekommt Pausen. Schließlich sagt sie: »Dann treffen wir uns eben später einmal in Köln. Wenn ich für dich wieder existiere, kannst du ja Caroline anrufen.« Ende des Gesprächs.

Ich gehe erst einmal spazieren und überdenke die Situation. Dann rufe ich noch mal in Tübingen an, um ihr zu sagen, daß ich gleich losfahren und zu ihr kommen will. Doch zu meinem Schrecken sagt mir der Portier des Tübinger Gasthauses, daß sie soeben ihr Zimmer abbestellt und mit ihren Sachen den Weg zum Bahnhof eingeschlagen habe.

Mein Gehirn beginnt fieberhaft zu arbeiten: wo will sie hin? Nach Köln? Mitten in der Nacht? Kummer und Sorgen schütteln mich. Ich sehe schon zwielichtige Gestalten auftauchen, die sich Judith mit heimtückischer Freundlichkeit nähern. Mit fliegenden Fingern wälze ich das Kursbuch. Mittlerweile bin ich darin geübt. Judith kommt in Tübingen nur nach längerem Warten und mit einem weiteren, recht langen Aufenthalt in Stuttgart weg. Ich dagegen kann in Freiburg praktisch sofort losfahren, finde allerdings erst in Mannheim den schnellsten Anschluß nach Stuttgart. Theoretisch müßte ich sie dort noch auf dem Bahnsteig antreffen. Ich bestelle das Zimmer ab und laufe los.

Während der Zug durch die Rheinebene jagt, sehe ich ständig Balkenüberschriften vor mir: »Achtzehnjährige Kölner Schülerin vermißt. Führte die Reise in den Tod?« Oder: »Judith K. jetzt aufgefunden. Wer ist der wahre Schuldige?« Oder: »Wen traf sie im Nachtzug? Schülerin verschwunden.« Nach einiger Zeit werde ich müde. Mannheim. Umsteigen. Danach döse ich immer wieder ein. In einer Stunde müßte ich Judith treffen. Es regnet.

Alles kam anders.

Ich schlief ein und merkte daher nicht, daß mein Zug, statt eilends nach Stuttgart zu fahren, irgendwo zwischen St. Ilgen und Wiesloch-Walldorf wegen eines Defekts auf der Strecke stand und erst mit halbstündiger Verspätung weiterfuhr. Als ich hochschreckte, lief er gerade in Bruchsal ein. Auf dem Nebengleis stand ein anderer Zug. Ich sah auf die Uhr und griff mir das Kursbuch. Schlaftrunken stellte ich die Verspätung fest und überlegte, was ich nun tun solle. Judith mußte in Stuttgart längst abgefahren sein.

In diesem Moment blickte ich aus dem Fenster und sah durch die verregnete Scheibe – Judith! Sie saß am Fenster des Nebenzuges und sah mich nicht. Ich wollte das Fenster öffnen, besann mich dann eines Besseren, griff die Tasche, warf das Kursbuch hinein, riß die Jacke vom Haken und stürmte aus dem Zug. Ich mußte, um zu Judiths Zug zu kommen, durch die Unterführung, rannte also die Treppe hinunter und zum nächsten Aufgang, sprintete hinauf. Genau dieser Aufgang war aber oben durch ein massives Baugerüst versperrt. »Während der Bauarbeiten bitte gegenüberliegenden Aufgang benutzen.« Ich rannte wieder hinunter und auf der anderen Seite hinauf. Schon hörte ich, wie über mir der Zug sich in Bewegung setzte. Mehrere Stufen auf einmal überspringend und stolpernd kam ich oben an. Der Zug fuhr bereits zu schnell. Ich hetzte hinter dem letzten Wagen her, erreichte ihn aber nicht mehr. Erschöpft und in ohnmächtiger Verzweiflung setzte ich mich auf einen leeren Gepäckwagen. Mein Blick fiel auf das Stationsschild. »Was kann man bei dem Namen schon erwarten!« knurrte ich vor mich hin. Ein Bahnbeamter, der gerade vorbeikam, stutzte. »Hend Sie ebbes g'sagt?«

»Ja, ›Bruchsal‹ habe ich gesagt, Bruchsal vorn und hinten!« Ich saß eine Ewigkeit auf dem Bahnhof herum und fuhr dann mit dem nächsten Zug in Richtung Köln.

Mir gegenüber saß ein Mann, der Erdnüsse knabberte. Er starrte mich an. Ich war müde und döste wieder etwas ein. Im Halbschlaf war mir, als hörte ich eine Stimme:

»Machen Sie sich etwa Sorgen?«

»Das tue ich allerdings!« sagte ich laut und schreckte vom Klang meiner eigenen Stimme hoch.

Der Mann gegenüber hörte auf zu kauen. »Wie bitte?«

»Ach nichts!«

»Aber was meinten Sie denn eben?«

»Nichts, gar nichts! Warum starren Sie mich denn eigentlich dauernd an?«

Der letzte Rest seines Lächelns erlosch. »Keine Ahnung«, sagte er traurig. Ich blickte ihn aber weiter fragend an. »Vorhin«, sagte er mit Betonung, »vorhin überlegte ich, ob ich Ihnen von meinen Erdnüssen anbieten soll.« Ich versuchte nun, ein erfreutes Gesicht zu machen und ein Wort des Dankes zu finden. Doch ich war wohl zu langsam.

»Jetzt bekommen Sie natürlich keine!« sprach der Mann mit der bedachtsamen Strenge eines Erziehers. Ich blickte müde und etwas verärgert aus dem Fenster ins Morgengrauen. Der Himmel färbte sich schon rötlich. Auf dem Rhein schoben sich frühe Schiffe voran. Als ich bitter darüber nachdachte, daß zum Trennungsschmerz nun auch noch der Entzug von Erdnüssen kam, wurde ich plötzlich wieder zuversichtlich und mußte gegen meine Absicht auf den erwachenden alten grauen Rhein hinunterschmunzeln.

Der Mann fuhr mit bis Köln.

5. Überall und Jerxheim

Ich erreichte Judith unmittelbar bei Caroline. Sie war froh, meine Stimme zu hören. Ebenso erleichtert erzählte ich ihr, was ich ohne ihr Wissen mit ihr erlebt hatte.

Nach dem Telefonieren wartete ich im Römisch-Germanischen Museum bei Lucius Publicius auf sie und befreundete mich unterdessen immer mehr mit dem Gedanken, auf Dauer mit ihr zusammenzubleiben. Dennoch wollte ich erst meine Bahnreise fortsetzen und zu Ende bringen – ein Aufgeben kam nicht in Frage.

Am Morgen fuhr Judith zu ihren Eltern zurück, um dann mit deren Einverständnis noch in München das Deutsche Museum und in Hamburg Verwandte zu besuchen. Im Herbst will sie nach Berlin kommen und dort ihr Abitur machen. Ich erklärte mich einverstanden und malte mir das Zusammenleben in den schönsten Farben aus. Wir verabschiedeten uns, natürlich ohne Tränen, da ich sorgsam vermied, ihren Kopf zu halten.

In den nächsten Tagen reiste ich mit dem Gefühl, von der bedingungslosen Unabhängigkeit Abschied zu nehmen. Ich fuhr mit Triebwagen, Vorortzügen, Intercitys und TEE's. Ich saß in einem Strandkorb an der Ostsee, auf einem alten Turm im Harz, auf einem Bootssteg am Chiemsee. Ich schlief in Jugendherbergen und behäbigen Hotels. Auch in Karlshafen an der Weser stieg ich aus. Es ist eine späte Gründung der hessischen Kurfürsten zur Ansiedlung von zugewanderten Hugenotten. Im Wirtschaftskrieg mit dem flußaufwärts gelegenen hannoverschen Münden war es als Konkurrenzhafen gedacht. Die Stadt paßt zu mir, ich strich stundenlang in ihr herum.

In Winsen an der Luhe überlegte ich, ob ich darunter litte, daß ich mit kaum jemandem über ernste Dinge redete. Ich entschied: nein!

Winsen zeichnet sich dadurch aus, daß dort nicht Goethe, sondern Eckermann geboren wurde. Es gibt aber ein »Verzehrkino«, wo ich einen Film anschaute und etwas verzehrte. Ich kam auch nach Hornburg, einer völlig erhaltenen mittelalterlichen Stadt im Grenzgebiet, erhalten deshalb, weil sie als reine Schlafstadt keinen Wirtschaftsfaktor darstellt. Ihre Bewohner arbeiten in Salzgitter oder

Braunschweig. In Passau lernte ich eine niedliche Berlinerin kennen, eine Architektin mit spitzer Nase und seidenweichem Haar, die nicht nur Urlaub machte, sondern sich sogar um Passauer Kommunalpolitik kümmerte – für Architekten vielleicht nicht ungewöhnlich. Die drei Flüsse brachte sie immer wieder durcheinander.

Ich war noch einmal überall: mit einem Sessellift fuhr ich auf anderthalbtausend Meter Höhe, mit Turnschuhen lief ich im Gebiet des Vogelsbergs herum, und einmal blickte ich in einen Brunnen, einen der tiefsten, die ich je gesehen habe. Ganz weit unten erkannte ich mein Spiegelbild.

Es folgten zwei Tage in Köln.

Ich besuchte das Diözesanmuseum und fand dort eine schwer deutbare »dreigesichtige Gestalt« aus dem siebzehnten Jahrhundert, eine Person, die zwei Münder für Selbstgespräche hat und dann noch einen dritten, um etwaige Streitereien zwischen den beiden ersten zu schlichten.

Nach langem Nachdenken sprach ich sehr lange mit Judith. Ich war nun doch davon überzeugt, daß sie lieber nicht nach Berlin kommen sollte. »Aber warum soll es denn schiefgehen?« fragte sie. Ich packte alle meine Bedenken aus, zunächst den Altersunterschied: »Eines Tages«, meinte ich, »wirst du einen jüngeren Mann finden, der dir lieber ist.«

»Du sprichst von ›eines Tages‹, sprich doch von jetzt und heute und morgen. Sonst könntest du ja gar nichts tun, weil du auch mal sterben mußt.«

»Vielleicht ist an dem Altersunterschied etwas anderes noch wichtiger«, warf ich ein. »Du lernst und verarbeitest noch so viel, während ich das meiste gar nicht mehr überlege, weil ich damit schon fertig bin. Ich würde mich als Vater fühlen und du als Tochter.«

»Das glaubst du, vielleicht möchtest du es sogar. Aber ich möchte es nicht. Und das bißchen, was dann noch davon bleibt, das würde mir nichts ausmachen.«

»Denk allein mal an den Schulwechsel von Nordrhein-Westfalen nach Berlin! Soundsoviele Kurse würden dir dort nicht angerechnet werden. Du müßtest in Berlin wieder ganz andere Sachen lernen. Der Punktekram stimmt nicht mehr. Wenn du mal fünf Stunden Zeit hast, gebe ich dir eine kurze Einführung.«

»Du wärst der erste Lehrer, der da genau Bescheid weiß.«

»Und dann hättest du es vielleicht kapiert, aber noch lange nicht die Leute, die über deine Zulassung entscheiden.«

»Weißt du«, sagte Judith ernst, »das Ganze ist doch mein Problem.«

Sie traf einen wichtigen Punkt. Wenn ich mir nicht dauernd für alles und jedes die Verantwortung einbilden würde, könnte ich andere Menschen vielleicht mehr respektieren. Vermutlich habe ich zu viel Angst davor, an irgend etwas schuld zu sein.

»Ich könnte dich nicht ernähren«, sagte ich finster, »außer wenn ich tatsächlich in die Schule gehe, und das weiß ich immer noch nicht so genau.«

»Warum denn nicht?«

»Ich käme zum Beispiel mit dem Zensurengeben nicht zurecht.«

»Aber es gibt doch gute Lehrer, die das können.«

»Mit den Lehrern, die das können, komme ich ebenfalls nicht zurecht.«

»Warum machst du dann deine Prüfungen?«

»Das ist etwas anderes«, entgegnete ich, »das ist mehr so wie diese Zugreise.«

»Dann sage doch einfach: ›Ich gehe jetzt für einige Zeit in die Schule und probiere das aus‹. Das ist ja wie eine Reise, und wenn es scheußlich ist, nimmst du den ersten Zug, der wegfährt.«

Meine Stimme bekam gegen meinen Willen einen raunenden Klang: »Für das Leben gibt es keine Netzkarte.

Für dich vielleicht noch, für mich nicht mehr. Irgendwann muß man wissen, auf welchem Zug man für den Rest seines Lebens sitzen will, oder nein: wo man bleiben will und wie. Ich weiß zum Beispiel, daß ich allein leben möchte.«

Es entstand eine Pause. »Irgendwie«, sagte Judith und schien nach einer schwierigen Formulierung zu suchen, »irgendwie hast du eine falsche Vorstellung von mir. Aber es ist für mich schwer, dir das zu sagen. Ich schreibe es dir in einem Brief.«

Wir nahmen Abschied. Judith weinte, denn ich hielt aus Versehen ihren Kopf. Ich versprach wiederzukommen. Als der Zug rollte und die winkende Judith verschwunden war, spürte ich Traurigkeit, aber Erleichterung zugleich.

Schöppenstedt, die Stadt Till Eulenspiegels. Ich habe den Berliner Zug in Braunschweig verlassen und bin auf dem Wege nach Jerxheim. Dieser Ort, von dem ich keine Ahnung habe, hat für mich so große symbolische Bedeutung bekommen, daß ich ihn sehen muß. Ich werde mit meiner Phantasie auf den Plan treten und bin gespannt, wer gewinnen wird: sie oder die Wirklichkeit.

Eine flache, weite Landschaft mit Alleen, durch besonders schöne Hochspannungsmasten veredelt. Ausladende Bauernhöfe, aus roten Ziegeln aufgeführt. Auch ihre senkrechten Stirnwände sind mit hellen Ziegelplatten verkleidet. Am Horizont ragen hochbeinige Karawanen von Einzelbäumen. Die Erde hier ist violett.

Watenstedt.

An einer Tür ein Schild: »Wartesaal. Andere Benutzung wird strengstens untersagt.« Die Telefonleitung neben dem Zug vollführt ein lustiges Tänzchen.

Beierstedt. Hinter den Bäumen spielt man Fußball. An einer langen Allee entlang geht es Jerxheim entgegen. Links an der Bahn stehen mehrere seltsam hohe Häuser, deren jedes Anspruch darauf zu erheben scheint, der Bahnhof zu sein, doch der Zug hält nicht.

Der wirkliche Bahnhof Jerxheim ist eine Kastanienschönheit. Er sieht aus wie ein altes Gymnasium, bloß eines zum In-die-Ferne-Fahren, nicht zum Hockenbleiben und Büffeln. Daneben ein fast überwucherter alter Fahrradständer für etwa zwanzig Räder.

»Jerxheim Bahnhof«, das sehe ich jetzt zu meiner Verblüffung, ist ein Ort für sich. Jerxheim selbst liegt erst jenseits eines beträchtlichen Hügels. Die Straße führt in Serpentinen hinauf. An der letzten Kurve steht ein wunderbar verkrunkelter alter Baum, ein wahrer Schmerzensmann. Von dort führt eine Allee wieder hinunter und schließlich erneut ein Stück hinauf. Jetzt erst bin ich in Jerxheim.

Ein großer Domänenhof, zwei kleine Kirchen, darumherum ein Dorf. Noch sehe ich keinen Bäcker weit und breit.

Ich setze mich auf eine Bank. Plötzlich fällt mir Judiths Brief ein, den ich in Berlin lesen werde. Was wird sie schreiben? Daß sie mich liebt? Tut sie's? Natürlich, jung wie sie ist, spielt sie verrückt und denkt: der oder keiner. Warum muß sie auch ausgerechnet mir begegnen! Ich weiß ja, daß ich unwiderstehlich bin.

Mir gegenüber sehe ich einen freistehenden Schaukasten mit Pfarramtsnachrichten. Plötzlich erkenne ich, daß ich mir, während ich über die Probleme meiner Unwiderstehlichkeit nachdenke, dauernd als sonnenbeschienenes Spiegelbild im Schaukasten gegenübersitze. Das heißt also: zunächst sah ich einen ganz anderen dort sitzen, denn erst jetzt weiß ich, daß ich es selbst bin. Sich selbst als Fremden zu begegnen, passiert nicht allzuoft. Mir also in Jerxheim.

Die Wirkung tritt sofort ein. Ich und unwiderstehlich? Wie kam ich nur darauf, daß Judith meinetwegen nach Berlin will? Daß sie von mir abhängig sein und daß sie mein Leben ändern würde? Das muß mir der Dünkel eingegeben haben. Warum habe ich nicht einfach verstanden, was Judith braucht, – statt gleich Liebe zu wittern und das Weite zu suchen! Meine Freundschaft will sie, und die allein braucht sie! Ich setze meinen Weg durch Jerxheim fort, in Gedanken über mein Verhältnis zur Wirklichkeit. Ich gehe die Straße hinunter, dann links eine andere wieder hinauf. Da ist der Bäckerladen! Ein hübsches Haus, gelb mit weißer Fensterumrandung. Es hat keine Schaufenster, sondern normale, unterteilt von Fensterkreuzen. Dahinter erkenne ich Kuchen, Brote und Packungen mit Knäckebrot. Eine Kundin kommt heraus. Ich gehe zunächst einmal weiter.

Ich wandere um das ganze Dorf herum, denn ich merke, daß ich mir vor der schicksalhaften Begegnung mit der Bäckerstochter noch ein paar Gedanken machen muß. Allerdings schweifen sie immer wieder ab, weil sie unangenehm werden. Ich stelle nur kurz fest, daß ich ein zweifelhafter Geselle bin, der Ideen mehr liebt als Menschen. Unausstehlich. In die Vorgärten blickend, sage ich mehrmals: »Ich kann vor mir nur warnen!«

Dieses Dorf ist am Dorfende – zu Ende! Das tut gut. Hinter den Hoftoren beginnt das Land, fast ohne Anger und Zäune, und ganz ohne Flachbauten, Siedlungen und Tankstellen.

Ich steige auf den Hügel über dem Dorf. Von hier aus hat man das Gefühl, in mehrere Königreiche gleichzeitig zu blicken. Ich gehe zurück. Hier existieren: eine »Kyffhäuserkameradschaft« (wohl ein Kriegerbund) und ein Turn- und Sportverein. An jedem dritten Haus hängt eine Schießscheibe mit der Aufschrift: »Jugendkönig«. Es gibt hier offenbar lauter Meisterschützen.

Ich stehe wieder vor No. 59, vor dem gelben Haus mit den weiß eingerahmten Fenstern und der Treppe, die zur Tür hinaufführt. Es ist die einzige Bäckerei.

Nein, ich trete nicht ein.

Ich bleibe eine Weile stehen, dann gehe ich über den Hügel zum Bahnhof zurück. Am Schmerzensmann, wo es wieder zur Eisenbahn hinuntergeht, drehe ich mich noch einmal um: Jerxheim, Dorf im ehemaligen Herzogtum Braunschweig, Kreis Helmstedt, an den Bahnlinien Holzminden-Schöningen und Braunschweig-Oschersleben, gut aufgehoben in meinem Kopf, weil ich von hier aus in mehrere Königreiche blickte und im Kasten für Pfarramtsnachrichten mich selbst sah.

Ich könnte Judith ein Zimmer besorgen und auch sonst ... Wenn ich schon Lehrer werde, warum nicht? Einer muß es machen.

Um 18 Uhr 45 geht ein Zug nach Braunschweig. Von dort fährt der nächste Zug – nach Köln! Ich bin noch immer auf dem Netz. Meine Karte ist gültig.

Ich fahre nach Köln.

Sommer 1978

6. Ein Tagebuchanfang

Der neue Job ist eine wilde Jagd, er erinnert auch ans Eisenbahnfahren, nur daß ich mich als Lokomotive fühle. Ole Reuter, Produktionsfahrer und Aufnahmeleitergehilfe beim Film, und das Tagebuch, dem er alles anvertraut, ist immer dabei! Es gibt Pausen, aber unberechenbar und kurz. Es ist direkt ein Sport, dann zu schreiben, es tut auch gut, denn es verlangsamt Nerven und Hirn, es verhindert Heißlauf. Eigentlich mag ich es, wenn ich viel um die Ohren habe. Ich werde bewegt von der Geschwindigkeit der anderen, nicht von meiner eigenen, gerade das belebt. Aber wenn ich zu lange nur frage: »Was liegt als nächstes an?«, dann kehrt eine Flachatmigkeit und Öde ein, so daß ich irgendwann fragen muß: »Was bin ich, was tue ich, was freut mich?« Daher Tagebuch.

Unser Film ›Denk ich an D. in der N.‹ ist wirklich sehr wichtig. Leider hatte der Drehbuchautor nicht sehr viel Zeit für das Buch, aber der Regisseur sagt: »Macht nichts, wir modeln den Widerstandskämpfer um, aus dem wird eine gebrochene Figur! Mut und Feigheit liegen sowieso näher beieinander, als man denkt!« Der Redakteur sagte dazu: »Davor kann ich nur warnen, aber macht mal!«

Nach dem Abitur will Judith auch zum Film gehen.
Nicht vergessen: Talkumpuder für Kameraschienen.
Morgen 1 Kiste Sekt (guten) f. Geburtstag Regisseur
Mittwoch! Film ist: zu viel im Kopf haben müssen. Immer irgend etwas irgendwohin aufschreiben müssen (und wenn es das Tagebuch ist), weil der hochmögende Kopf nicht halten kann, was er verspricht. Film ist vor allem

Anstrengung: zwanzig-dreißig Leute, sehr verschieden geartet, sehr viel Aufwand (Kraft, Gesundheit, Risiko) – alles nur, um eine gute Geschichte richtig zu erzählen. Howard Hawks' ›Red River‹: 9000 Rinder über den halben Kontinent treiben, um sie mit Gewinn zu verkaufen. Rivalitäten, Härten, Indianer, Verräter, Unglücksfälle, Gewitter, John Wayne, Montgomery Clift. Fast jede Produktion ist ›Red River‹, mindestens während einiger Tage.

Unbedingt Kollegen N. anrufen: Freitag abend geht nicht, da Nachtdreh! Rauskriegen, was er von mir will. Deutlich machen: Schule für mich gestorben, weiterer Examensversuch nicht geplant, Film befriedigt.

Der Regisseur ist ein Pseudo-Schussel, der immer dann aus der Hüfte schießt, wenn man Frieden haben will.

Profis sind zu beneiden, sie haben alles, was man braucht, außer Zeit. Sinn ist unnötig, es genügt, wenn keine Fehler gemacht werden. Ich gehöre dazu. Jeder kann sehen, was die anderen wert sind, als Darsteller, Fahrer, Regisseur, Maskenbildner. Leere Freundlichkeiten gibt es nicht, unnötige Feindschaften auch nicht. Arbeit!

Arbeit ist Kommunikationsmittel, eine Sprache. Ich erkenne meine Brüder, ohne dafür viel reden zu müssen (oder darüber). Verstehe jetzt die früheren Deutschen besser.

Für Dienstag 32 Essen bestellen (Außendreh in den Rieselfeldern)!

Aufnahmeleitung: Kreppsohlen, damit man leise gehen kann. Der Gang ist tigerhaft-schleichend, die Füße werden sorgsam gesetzt, mit Überlegung belastet und über die Kante abgerollt mit gespanntem Verantwortungsbewußtsein. Der Blick ist hart, aber freundlich. Nie im Weg stehen! Nie im Licht stehen! Nicht stören, auch nicht durch »Ruhe!« oder »Psst!«. Nicht herumgehen, aber immer dort sein, wo gleich einer eine Frage stellen wird. Nie jemanden zu früh aus der Garderobe holen, nie zu spät. Beim Abholen nicht der Schauspielerin auf die Schleppe treten, aber auch nicht vorausgehen, sonst raucht sie sich noch eine an.

Nie dem Regisseur sagen, daß ich ihn gut finde. Nie das Gegenteil, sonst schießt er aus der Hüfte. Alle Namen und Gesichter sofort merken (bei den Schauspielern auch die Rollennamen). Nie den Maskenbildner als Komparsen einteilen, er vergißt es mir nie! Wenn einer im Bild sitzt oder bei »Ton ab!« drehbuchfremd zu reden beginnt, sofort feststellen, ob es sich um den Redakteur handelt. Nur dann Fingerspitzengefühl zeigen, in jedem anderen Falle sehr energisch werden. Nein, falsch, genau umgekehrt.

Der Redakteur ist ein Anzugträger, der ab und zu steuernde Bemerkungen einstreut wie: »Kann man, glaub ich, so nicht sagen...« oder »Vorsicht, Vorsicht, Vorsicht!« Er spricht mit Anhängseln, aus »Folgen« macht er »Folgerungen«, aus »dies« wird »dieses«.

Außendreh: Speisekarten aus zwei nächstgelegenen Restaurants müssen bis 11.30 Uhr dem Stab vorliegen; Bestellung aufnehmen.

Telefon Regieassistentin: 2763254, privat 667473 (hat einen Freund oder Mann).

Szene Morgendämmerung. Landwehrkanal entfällt, daher alles wie auf Dispo, nur eine Stunde später, Leiche abbestellen!

Fahne besorgen (für kurzfrist. Sperrung Straße).

Streit darf ich immer nur mit höchstens einem oder zwei Kollegen haben. Sind es mehr, verliere ich gegen jeden von ihnen einzeln. Wenn also einer der dritte oder vierte Unverschämte ist, hat er Glück, ich arrangiere mich.

Eingefleischte Erzschufte gibt's, irgendwie wunderbar, wie aus dem Bilderbuch. Dem Architekten habe ich es gleich angesehen, die Zähne kommen direkt aus dem

Schnurrbart, er kann aber auch lieb sein. Natürlich alles Lüge. Er macht mir Spaß. Neue Polaroidpacks und Blitze für Regie (an Script geben). Mittagspause. Notizen für Judith: was die Leute so sagen. Der Garderobier (65 Jahre alt): »Ich weiß, es gibt Bessere als mich. Aber die sollen sich angewöhnen, Filme in normaler Arbeitszeit und mit Menschen zu drehen!«

Der zweite Aufnahmeleiter: »Aber ab Montag, da scheiß ich alle an, da kommt meine Kompetenz zum Tragen!«

Derselbe zum Regisseur: »Spürst du bei der nächsten Einstellung noch vorn irgendwo die Nutten?«

»Nein.«

»Die Nutten haben Feierabend! Es gibt nur dann Gage, wenn das Kostüm vollständig abgegeben ist!«

2 Kisten Sprudel gemischt, mit und ohne Geschmack.

Wenn keine Anweisung erfolgt, bis 17 Uhr die Dispos abholen und Hans geben (nicht selbst verteilen, das macht er!).

Heute kommt 15.30 Uhr der Drehbuchautor an den Set. Blindenhund spielen, höflich bleiben, kein Wort über das Buch! Soll denken, er wird geliebt.

Beim Kopierwerk Leerbüchsen und Schwarzpapier abholen, heute oder morgen spätestens, sehr wichtig!

Regisseur hat Drehbuch gestern in Kneipe liegengelassen, in welcher weiß er nicht, wahrscheinlich beim Italiener.

Sehr schlechte Filme haben auch einen Sinn: durch sie sollen aus Regisseuren wieder gute Kameraleute, Gärtner oder Fahrer werden. Leider ist kein Fall bekannt.

Benzinuhr geht nicht. Getankt knallvoll bei km 17354.

Es gibt zwei Ansichten:

1) Je mehr sich alle gegenseitig hassen, desto besser arbeiten sie (Konquistadorenmeinung à la ›Aguirre, der Zorn Gottes‹, John Wayne als Herdenbesitzer in ›Red River‹).

2) Gegenteilige Ansicht (seelsorgerisch-basisdemokratisch-gruppendynamisch-therapeutisch).
Die eine ist so verdächtig wie die andere.

Drehbuchautor: ganz nett, keine Ahnung, sehr intellektuell. Abgelatschte Schuhe (fällt in Berlin nicht weiter auf). Der Redakteur sagt ihm, in der Szene gehe, während die Männer redeten, eine Frau durch den Raum, und die reagierten überhaupt nicht auf sie, der Dialog gehe weiter. Die Gegenwart einer Frau sei doch schon rein körperlich von größtem Interesse, das könne nicht ohne Folgen bleiben.

Der Autor sieht ganz ertappt aus und fügt schnell einen Satz in den Text ein, der mit »Hallo« beginnt.

Bei Schauspieler N. den Scheck abliefern. Wenn es ihm zu wenig ist, wieder mitbringen! Kameramann will sofort 2000,- à Konto Diäten, Produktionsleiter rauft sich die Haare (viele sind ja nicht übrig). Filme soll man drehen, wenn das ganze Geld da ist.

Die Requisite muß alle Textänderungen bekommen, denn es ist vielleicht von Sachen die Rede, die auch zu sehen sein müssen.

Filmleute brauchen keinen Abenteuerurlaub. Sie müssen nicht im Kanu den Mackenzie hinunterfahren oder mit dem Fesselballon über den Atlantik. Im Urlaub brauchen sie nur Liebe und einen Balkon mit Liegestuhl.

Morgen: Flatterband zum Absperren, Perfoband und Schnürsenkel, für Maske Abschminktücher und 1 Pfund Kaffee, aber nicht den teuren. Schmerztabletten ins Handschuhfach! Schauspielern tut immer irgend etwas weh, zumindest auf Anfrage. Aufnahmeleiter am Telefon zur Komparsin: »Fünfundachtzig Mark. Alte Schuhe anziehen! Nicht schminken, Sie sind auf der Flucht!« Bei der Nachkriegsszene könnte Judith auch mitmachen, sie kann ja nicht jeden Tag 24 Stunden fürs Abitur lernen.

Fehlendes Kostüm von Theaterkunst abholen, eilt!
Carola Sulzthal oder Sülztal, 27, sehr attraktiv (Ober-

weite), kann jederzeit angerufen werden 8 872 130, macht alles, auch Sprechen.

Der Ton braucht noch mal ›Heil dir im Siegerkranz‹. Fragen, wer das kann. Muß richtig gebrüllt werden, schartig, versoffen, starkdeutsch. Das bringt keiner.

»Tagebuch« ist übrigens gut.

Während der Arbeit zuviel um die Ohren, abends zu müde. Schreiben kann ich nur in einem Zug. Strelnikoffs Panzerzug aus ›Doktor Schiwago‹, der wäre ideal. Für mich ist Strelnikoff der eigentliche Dichter, obwohl er nicht schreibt, sondern Schreckliches tut. Oder gerade weil.

Anmerkung des Autors: Hier enden die Aufzeichnungen. Der Vollständigkeit halber sei vermerkt, daß Ole Reuter das Tagebuch auch von der Rückseite her beschriftet hat. Die Eintragungen lauten:

»Fragen: was ist ein ›geblimpter Zoom‹ und gibt's den bei 35 mm? Mutter fragen: in welche Schule ist in den 30er Jahren mein Vater gegangen? Droste-Hülshoff-Schule, Zehlendorf? Selbsterkenntnis: als Organisator lausig, als Geschäftsmann gleich Null, mein Vertrag der schlechteste vom ganzen Team. Gut, daß ich aus der Schule raus bin, dort hätte ich das nicht gemerkt. Den Prüfern sei Dank: glücklich bin ich trotzdem! 15.10 Uhr in Tegel Herrn L. Straub aus München abholen. Achtung, wichtiger Mensch!

Blumen für Judith.«

Herbst 1980

7. Vom Bahnhof Zoo bis Wanne

Ende August, Nichtraucherabteil, Bahnhof Zoo. Vormittag. Sonne. »Nicht hinauslehnen, Do not lean out, È pericoloso sporgersi«, so locken die Schilder, die Reise beginnt. Die Netzkarte kostet jetzt 590.– DM statt 530.–

Als ich schon froh bin, weil außer mir niemand im Abteil sitzt, kommt ein junger Mann, ein Jogger mit Sportschuhen und Jeans und wirft sich außer Atem mir gegenüber in den Fenstersitz. Seine langen Beine ragen grotesk weit herüber und sind mit meinen nicht zu vereinbaren. Ich bleibe aber sitzen und trotze ihnen.

Diesmal werde ich Abschied nehmen von allem, was es bald nicht mehr gibt. Von den kleinen Strecken, die stillgelegt werden, und vom Wattenmeer, weil ich las, daß es von der Ölpest bedroht ist. Ich möchte die Kleintierwelt beobachten. Ich werde mir die Zeit nehmen, Fische zu essen, und einen Berg besteigen, auf den keine Bahn und kein Lift führt.

Diesmal geht es über Spandau. Grenze. Die Beamten der DDR schauen in meinen Paß, steif vor lauter Verdacht, dann in meine Augen. Ich mache ganz von selbst das linke Ohr frei, denn sonst sagen sie etwas, höflich und eine Kleinigkeit zu lang.

Ich versuche zu schlafen. Es gibt viele Möglichkeiten, sich zwischen Armlehne und Kopfstütze einzuspreizen, aber die trainierten langen Beine des Joggers machen mich besorgt, da er schläft und schwere Träume hat.

Die Zuggeräusche empfinde ich als aggressiv. Bremsen wummern, Druckluft zischt, die Räder sägen an den

Schienen. Ich bin mit mir selbst nicht einig. Den ausgetretenen Stiefel auf dem Werbeplakat für Städtetouren kann ich schon jetzt nicht mehr sehen. Vielleicht ist an mir nichts auszusetzen, aber ich mag das Bild nicht, das ich abgebe. Oder dasjenige, was ich sehe. Der Stiefel auf dem Plakat, ein dummneckischer Bettlerstiefel, ist merkwürdigerweise allein. Städtetouren für Einbeinige.

Im Kursbuch sind seit 1976 einige kleine Strecken weggefallen – sie waren zum Teil schon damals Buslinien, aber noch als Bahnlinien eingezeichnet. Der Übergang ist sehr allmählich! Leute mit schneller Wahrnehmung kriegen ihn nicht mit. Wir leben nach der Eiszeit und vor der Zwischeneiszeit, die Bundesbahn schmilzt unmerklich dahin; irgendwann gibt es nur noch Intercitys, Güterzüge und Werkbahnen. Und in der Provinz kilometerlange schmale Blumenbeete.

Die Streckenfahrpläne sind jetzt schütter geworden wie Greisenhaar. Kahle Stellen werden mit dem Hinweistext im schwarzen Kasten überdeckt: »Fahrrad am Bahnhof: Vermietbahnhöfe Forchheim (Oberfr.) und Ebermannstadt«, man könnte glauben, man bekäme dort ein Spezialfahrrad für den Schienenweg. Es gibt jetzt eine Netzkarte für 198.– DM – für Leute unter sechsundzwanzig. Ich bin zu alt.

Auf der Rückseite des Kursbuchs ist eine Tasse Gulaschsuppe abgebildet. Ich gehe in den Speisewagen.

Im Getreideteppich sehe ich flache kleine Inseln, vielleicht Nester von Rehen, vielleicht Windbruch, vielleicht beides nicht. Meine Notizen lügen, denn ich interessiere mich für die Getreidelöcher nicht im geringsten. Nachdem ich das geschrieben habe, bin ich bedrückt, denn damit ist die Angst, daß diese Reise mir nicht helfen wird, schriftlich festgehalten. Ich denke jetzt: »Schlußstrich«. Wie kann ich weit weg, ohne noch weit reisen zu müssen? Wenn meine Mutter nicht wäre, könnte ich einen der Grenzer ansprechen: »Guten Tag! Ich bin bereit. Ich möchte den Staat wechseln und Ihr Kamerad werden. Es würde zu mir passen. Was ich seit Wochen tue, hat mit Sehen nichts mehr gemein, vom Denken gar nicht zu reden. Ich kontrolliere nur noch, ob alles da ist. Ich gehöre zu euch, ich möchte gern ein Ehrenkleid tragen und die Grenze schützen. Nur feste Regeln ohne Sinn und ein verordneter Kameradenkreis schützen mich noch vor meinem eigenen Gehirn.«

Schluß, jetzt kommt die Gulaschsuppe. Mit dem Ober versuche ich schweizerisch zu sprechen, um ihn durch umweghafte Satzanlagen zu längerem Zuhören zu zwingen. Schweizer müßte man sein.

Soll ich zum Film zurück, soll ich versuchen, im Ausland zu unterrichten? Früher schien alles möglich. Jetzt ist alles unmöglich. Kann es nicht wenigstens regnen? Ich hoffe auf Regen, denn ich sähe gern die Menschen geduckt und im Laufschritt, das macht Verlassene lustig.

Es fällt mir schwer, an Judith zu denken.

Es fällt mir schwer, nicht an Judith zu denken.

Fazit: Vielleicht hat meine Grenzerstimmung nichts mit Judith zu tun.

Ich bin genau an dem Punkt, an dem erwachsene Menschen anfangen, Abzählverse zu verfassen.

Alte Bekannte könnte ich besuchen. Vor vier Jahren tat ich so, als ob ich in Deutschland niemand kennte. Ich wollte niemandem begegnen. Ich dachte ernsthaft, Pforzheim zeige mir deshalb sein wahres Gesicht, weil ich dort keine Bekannten hätte. Das wahre Gesicht von Pforzheim, wie war es doch gleich? In Büchen steige ich aus. Der nächstmögliche Zug geht nach Flensburg.

Die Netzkarte ist nicht mehr, was sie war. Der Schaffner, statt ehrerbietig die Urkunde zu betrachten, faßt mich scharf ins Auge. Statt eine Verbeugung anzudeuten, fragt er rundweg: »Bis wohin fahren Sie mit?«

Ich: »Das weiß ich nicht.«

»Wann wissen Sie es denn?«
»Wenn ich aussteige.«
»Das ist schwierig, wegen der Statistik.«
»Also gut, dann fahre ich eben bis – Flensburg!«
Do not lean out. Wenn ich mich nun während der Fahrt zu weit hinauslehnen würde? Es geschähe ihm recht, für solche Fälle gibt es in seiner Liste bestimmt keine Rubrik.
Ratzeburg. Hier laufen alle mit Geigen- oder Cellokästen herum. Wahrscheinlich wird ununterbrochen Hausmusik gemacht.
Die Haare der Frau jenseits des Gangs sind von der bestimmten dunklen Farbe, die ich meine, wenn ich »Haare« sage. Auf meiner Seite sucht eine Negerin Platz für sich und den Koffer. Ich helfe ihr. Zierliches Kraushaar, breites Näschen, frisch ist sie, aufmerksam, ein Persönchen so recht fröhlich, sie lacht bestimmt gerne mit anderen. Daneben sitzt ein düster vor sich hin glimmender Zigarilloraucher und Zeitungsleser mit kurzen Hosen. Er schüttelt alle Augenblicke den Kopf. Höchstens dreiundzwanzig Jahre alt sitzt er da, brütet und schüttelt. Jetzt sehe ich, was er liest! Wer da nicht schüttelt, der riskiert, daß sich ein Schaden festsetzt. Ab sofort scheint mir der Mann in Ordnung, seine Bewegungen sind verständlich, sogar die kurzen Hosen vertretbar. Warum nur liest er weiter? Er will und will von dem Presseerzeugnis nicht ablassen. Ich kehre zu meinem ersten, düsteren Eindruck zurück. Der hat sich meine Zuneigung verscherzt.
Draußen Lagerhäuser, Kabeltrommeln und Tankwagen. Aber die alte Glückseligkeit will noch nicht aufkommen. Es kränkt mich etwas, wie selbstverständlich der Spätsommer leuchtet, auch ohne daß ich guter Laune bin.
Lübeck. Außer der Frau jenseits des Gangs steigen alle aus. Die Negerin dankt mir für ihren Koffer, sie kann übergangslos strahlen mit prächtigen, feinen Zähnen. Plan Nummer eins: ich werde sie begleiten und versu-

chen, mich mit ihr anzufreunden, um später einmal mit ihr zusammen ganz zufällig Judith auf der Straße zu treffen.

Der Zug rollt schon wieder, zu spät! Plan Nummer zwei kommt zur Ausführung: Sitzenbleiben.

Alles ist schlechter geworden, auch meine Augen: ich lese »Kutsche« statt »Kirche«.

Ab Lübeck ist der Wagen genauso voll wie vorher. Die Menschheit hat empfindlich zugenommen, außerdem haben wir immer noch Urlaubszeit.

Pönitz, Holstein. Es ist schon herbstlich, aber sehr heiß. Der Waggon hat keine Zwischenwände, keine Abteile. Im Stehen überblickt man zwanzig-dreißig Leute. Nachteil: man kann kein Fenster aufmachen, ohne daß sich einer der dreißig als todkrank entpuppt – nur kein Luftzug, sonst verstirbt er zu früh! Ich öffne das Fenster draußen an der Plattform und strecke den Arm hinaus. In meiner Handmuschel tanzt eine Kugel aus kühlerer Luft. Draußen flitzt und flimmert Holstein. Das andere Herzogtum kommt erst hinter Kiel. Wie gut, daß ich Geschichtskenntnisse habe! Wenn mir eine Freundin davongelaufen ist, fällt mir immer etwas ein, Glaubens- und Kampfsprüche aus der Glut der Zeiten, zum Beispiel: »Up ewig ungedeelt«. Patsch! Ich knalle das Fenster nach oben, als sollten seine Splitter zum Dach hinausfahren. Es bleibt aber ganz. Wo ist die Notbremse, ich wäre imstande, sie zu ziehen, – ich wäre fähig, auszusteigen und die Statistik durcheinanderzubringen! Stop! Bremse dich selbst und nicht den Zug! So wie eben darf man auch kein Fenster zumachen, es ist die Vorstufe zum Mord.

Vor zwei Wochen riß ich den Fenstervorhang auf, um frische Luft hereinzulassen. Es war, nachdem Judith mir zum ersten Mal erzählt hatte, wie tief sie sich mit ihm, mit dem da, verstünde, so anders als mit mir. An Sex dächten sie dabei nicht, der liege ganz fern. Er sei einfach unwahrscheinlich sensibel, sie führten lange Gespräche.

Der Vorhang riß ab, und Judith sagte erschrocken: »So darf man keinen Vorhang aufmachen!« Ich antwortete: »Das sehe ich selbst!« und dann noch einiges mehr.

Disziplin, Herr Reuter, ganz vornehm, keine Gewalt, keine Ausfälle, objektiv bleiben, Platz nehmen, die Landschaft anschauen, die Eintrübung studieren, das Gewitter erwarten!

Eutin, Malente-Gremsmühlen.

Am Plöner See steht ein Schild, auf dem die Segelbootstypen abgebildet und erklärt sind wie anderswo die Speise- und Giftpilze zur besseren Unterscheidung.

Ich kenne mindestens fünf Leute, die mir jetzt sagen würden: »Du mußt an dir arbeiten!« Ich müßte mich überprüfen, die letzten vier Jahre kritisch überdenken, in den Abgrund schauen. Schon bei solchen Worten wird mir langweilig! Meine Arbeitsscheu, beim Film vorübergehend in Arbeitswut verwandelt, ist voll wiederhergestellt. Sie ist stärker als jede Not. Jetzt schiebt sich eine Frau vor Arbeit und Abgrund, die Frau von schräg gegenüber. Unendlich schön kommt sie mir vor, langbeinig und gescheit, silbrig und dunkel. Nun ja, sie kommt eben aus dem Urlaub und trägt Schmuck.

Ihr Junge steckt in einem Trainingsanzug und turnt im Mittelgang an den Armstützen herum. Irgendwann wird er, wegen der hellen Augen und dem etwas bekümmerten Zug um den Mund, aussehen wie David Niven. Draußen in Holstein gießt und strahlt es abwechselnd.

Wenn ich versuche, von einem ersten zu einem zweiten Gedanken zu kommen, dann schlüpft mir etwas dazwischen. Immer deutlicher weiß ich: da liegt die Gefahr!

Der Kleine fängt jetzt an zu quengeln: »Mami, wann sind wir denn da? Wir sind doch schon so lange im Zug!« Mami ist wortkarg, aber ihre Blicke sind beredt – und wen schaut sie an? Mich.

Ich könnte ... ach nein, ich könnte nicht. Ich weiß, sie interessiert mich nur für eine bestimmte Inszenierung:

ich, mit dieser Frau am Arm, an der Binnenalster unterwegs, David Niven läuft ein paar Schritte voraus, wir plaudern angeregt. Ich bemerke Judith erst gar nicht, dann aber begrüße ich sie ungeheuer offen und erfreut. Danach weiß Judith, daß sie nie so dunkel und silbrig aussehen wird wie diese Frau, daß sie nicht so klug sein und nicht so lange Beine haben wird, und dazu hört sie meine Stimme: »Du hattest ja völlig recht, es ist wirklich viel besser so!« Womit ich mich zur Dunklen umdrehe und sie verliebt ansehe, heiter und schmerzlich, ganz als sei sie – Judith!

Ganz genauso sehe ich seit geraumer Zeit David Nivens Mutter tatsächlich an, – kein Wunder, daß sie zurücklächelt und Wirkung zeigt. Allerdings bin ich da nicht sicher: wenn man jemanden so lange anstarrt, weiß man nicht mehr, ob er geschmeichelt oder spöttisch oder überhaupt nicht lächelt. Der hat viele Gesichter, der keines macht.

Eine Abschweifung von über zwei Heftseiten liegt hinter mir. Ich muß mir die Arbeit einteilen. Erstens: Wie fing alles an? Zweitens: Was tut mir besonders weh? Drittens: Sonstiges. Zu erstens: Judith wollte gar nicht meinetwegen nach Berlin. Daher bestand ich nach einiger Zeit darauf, daß sie zu mir zöge. Als dies geschehen war, riß ich ab und zu vor ihr aus. Am besten eignete sich dafür – aber damit bin ich bei »Sonstiges«: ich traf den Aufnahmeleiter wieder, der Igel und Igelin zugleich ist. Er wandte den Kopf, bis ich in genauer Verlängerung seiner Nase stand, öffnete die Augen, welche rötlich glitzerten und sagte: »Elvis ist tot, schon gehört? Zweiundvierzig Jahre.« Und etwas später sagte er: »Du kannst doch Autofahren, oder?«

Filmproduktionen eigneten sich für das Ausreißen. Fehlt nur der Punkt »Was tut weh?«

Kiel. Die Silberne rüstet sich, den Zug zu verlassen. Ich starte zu spät, um ihr den Koffer herunterzuholen, greife aber meine Sachen und gehe mit. Sie steigt aus, ich reiche ihr den Koffer nach. Sie dankt mir, so nebenbei und kühl, wie es auch gute Schauspielerinnen lange üben müßten. David Niven ruft begeistert: »Papi, Papi!« Ich, erschreckt, gehe einige Schritte weiter und registriere vorsichtig, wie ein junger Vater die beiden in die Arme schließt, ein intellektueller Typ von der Sorte, die immer ruhig und heiter ist und abends auch noch Basketball spielt. Gute Ehe, das sieht man sofort. Ich steige flugs wieder in den Zug, ich bin nur aus Versehen ausgestiegen. Was soll ich in Kiel? In dieser Stadt wimmelt es von jungen Eheleuten, das ist nichts für mich.

Aber wenn ich arbeiten will, sollte ich in eine Bibliothek gehen. Kiel ist Universitätsstadt ...

Ich gehe also wieder zur Tür, spähe nach rechts und links und steige zum zweiten Mal aus.

Manche fühlen sich von riesigen Bücherwänden und -ketten bedroht, mich ermutigen sie. Irgendwo steht geschrieben, was mir nützt. Ein so riesiges Bildungsinstrument muß mir dabei helfen können, mich über meine Affekte zu erheben. Daß ich hier ein Fenster so zuknallen könnte wie im Zug, ist ganz ausgeschlossen. Der Ort als solcher veredelt schon.

Unter dem Stichwort »Eifersucht« bemerkt ein Lexikon von 1734: »Es ist zu untersuchen, ob ein eifersüchtiger wahrhafftig sich fürchtet, die Gunst der geliebten Person zu verlieren, oder ob er dieses sich selbsten nur berede und als Vorwand brauche, seinen Neid damit zu bergen.«

Neid? Ich weiß nicht. Nach einstündiger Lektüre scheint mir, daß die Verfasser der Artikel in sämtlichen Enzyklopädien durchweg erfolgreiche Nebenbuhler sind. Kein gehörnter Ehemann, kein betrogener Liebhaber ist darunter. Eifersucht, so schreibt man 1734, habe mit Ehrgeiz zu tun. Der Ehrgeizige könne nicht leiden, daß man andere neben ihm verehre. »Also sucht er in seiner Liebe Meister über der geliebten Person ihr hertze zu sein.« Im neunzehnten Jahrhundert wird Eifersucht dann vollends verwerflich, im zwanzigsten eher krankhaft. Ich bin mit alledem nicht einverstanden, aber die erhoffte Wirkung tritt ein: Wissenschaft tröstet, denn sie macht den Schmerz zu einem interessanten Fall, an dem sich was beweisen läßt.

In den neueren Meyers und Brockhäusern wird Eifersucht meist direkt von Monsieur Eiffel und seinen Bauten gefolgt.

Konkrete Literaturhinweise führen mich in die Fachbibliothek Psychologie. Dort verharre ich über einem ›Grundriß der Persönlichkeit‹ und erkenne mich als »extravertierten Fühltyp«. Ich schreibe alles auf und beruhige mich.

Um 20.29 Uhr führt mich ein Triebwagen weiter fort. Es geht über Eckernförde und Süderbrarup, und kurz vor zehn bin ich in Flensburg.

Auf dem Bahnsteig beginnt eine Mutter, die mit ihrem Kind vor mir hergeht, plötzlich zu hüpfen und zu rufen: »Guck mal, wer da ist!« Von der Ausgangsseite her kommt ebenfalls eine Mutter gehüpft, ihr Kind ebenso klein, und auch sie ruft: »Guck mal, wer da ist!« Jetzt sind sie beieinander. Stumm und erstaunt mustern sich die Kinder. Die Mütter hocken neben ihnen und wiederholen den genannten Satz noch mehrmals.

Ich schleppe meinen Koffer in ein Hotel. Das Rathaus von Flensburg halte ich wegen seines Äußeren sofort für den Sitz der Verkehrssünderkartei. Ich lasse mich erst durch seriöse Einheimische davon abbringen.

Die Fußgängerzone ist lang und etwas für Leute, die gut ausschreiten können. Alles schläft. Ich trolle mich ins Hotel. Bettnotiz: ich kann es Judith nicht übelnehmen. Abends da sein und ein Mann sein, das war etwas wenig. Trotzdem ...

Was ich nicht verdient habe, ist die Nachttischlampe an meinem Hotelbett. Ein Edelholzklotz mit Wurmfortsatz, an dem schräg eine längsgeriffelte, zugleich quergenoppte und astigmatisch verzerrte, mit einem Wort: formschöne Glaskreation aufsitzt. Wenn so etwas im Film erscheint, weiß ich: es ist die Mordwaffe.

Nach dem Frühstück arbeite ich: ich kennzeichne alle meine Bekannten und Freunde in der Bundesrepublik durch rote Punkte im Übersichtsplan des Kursbuchs. Es ergibt sich eine Häufung in der Münchener Gegend und am Rhein, ferner Einzelstationen in Baden-Baden, Bochum, Marburg, Münster und natürlich in Hamburg.

Ich schleiche ständig um Hamburg herum. Büchen, Kiel, Flensburg – ich drücke mich vor Hamburg-Uhlenhorst, nichts weiter! Dabei würde Judith bestimmt nicht zur selben Zeit an der Alster spazierengehen, sie hat Dreharbeiten. Ich müßte nur meiner selbst sicher sein, nach Höherem streben und das Telefon meiden. Also Mut! Um 10.30 Uhr fährt der Zug. Ich kaufe mir vorher noch ein Buch, eine Aufsatzsammlung über Politik und Moral und finde auf dem Weg zum Bahnhof wieder eine Verlese-Frucht: ich lese »Diogenes« statt »Drogerie«. Ich übe mich im Lesen geheimer Botschaften. Irgendwann werde ich sagen: das ist es, und es könnte nicht besser ausgedrückt werden, und außer mir erkennt keiner die Schrift an der Wand. In welcher Richtung wird der Zug den Bahnhof verlassen? Jetzt weiß ich es. Der alte Herr mir gegenüber hat gewonnen: er blickt nach vorn, ich zurück. Tauschen will er nicht.

Was mir weh tut: Zwei Klagen wechseln sich ab, die sich widersprechen:
1. Judith ist an allem schuld, sie hat mich betrogen.
2. Ich bin an allem schuld, denn ich war so leichtgläubig.
Die Welt ist schlecht, ich hätte es wissen müssen.
Oder:
Ich passe nicht in diese Welt, ich verlange zu viel.
Wenn ich über 1. und 2. nachdenke, komme ich zu einem

wiederholungsreichen Hörspieldialog. Judiths Antworten sind dabei stets leise, meistens überhaupt nicht verständlich.

Ich: »Wir waren uns doch immer darüber einig...«
Judith: (unverständlich)
Ich: »Du hättest mir offen sagen müssen...«
Judith: (bestreitet das murmelnd, unverständlich)
Ich: »Du selbst hast immer gesagt...«
Judith: (flüstert irgend etwas)

Wenn ich dann lange genug versucht habe, in der gewesenen Liebe die Demokratie und das Vertragsrecht einzuführen, höre ich auf, weil es nicht hilft.
    Schleswig. Ein windumknatterter, breitgelagerter Bahnhof aus Backsteinen. Viel Rosen davor.
    Wenn ich mich genau zu erinnern versuche, was mir weh tat, dann ergibt sich auch ein Dialog, aber jetzt ist nur Judith zu hören, gesprächsfetzenweise, ich setze höchstens vergeblich zu einer Antwort an.
»Er ist so anders als du...«

Ich: (leide)
Sie: »In letzter Zeit sind wir uns etwas gleichgültig geworden, findest du nicht?«
Ich: (schweige)
Sie: »Vor vier Monaten, an dem einen Abend, da hast du mir weh getan, weißt du noch?«
Ich: »Was habe ich denn gesagt?«
Sie: (lange, mir völlig unverständliche Antwort)
Oder: »Ich glaube manchmal, ich störe dich!«
Ich: (hilflos)
Sie: »Als wir uns kennenlernten, warst du viel zärtlicher.«
Sie: »Vielleicht sollten wir uns mal eine Weile nicht sehen.«

ICH: (denke: wer steckt dahinter? sage:) »Das bringt doch auch nichts!«

Rendsburg. Es geht über den Kaiser-Wilhelm-Kanal. Ich sehe eine endlose Eisenbahnbrücke längs des ganzen Horizonts, wir fahren unentwegt im Kreis, auf eben dieser Brücke. Ich sehe also eine Brücke, auf der ich selber fahre. Es ist wie im Traum. Auch im Übersichtsplan hat die Bahnlinie einen Schnörkel: das war er.

Aufs Löschblatt habe ich in der Kieler Bibliothek geschrieben: »Der Eifersuchtsschmerz von Charakter abhängig. Schwächere Naturen: Kränkung. Stärkere: Empörung, gewaltsames Gegenstreben, Lexikon Ersch-Gruber 1839.«

Neumünster. Der alte Herr steigt aus. Stattliche Großmütter drängen an seine Stelle. Sie sitzen um mich herum in mächtigen weißen Blusen, stumme Berge mit schweifenden Äuglein. In meinen tatsächlichen oder eingebildeten Dialogen mit Judith kam sehr oft die Wendung »hinter meinem Rücken« vor. Dabei kann ich doch gar nicht verlangen, daß alles immer vor meinen Augen passiert. Ich wende mich immer nur der halben Welt zu, die andere Hälfte ist hinter mir.

Draußen: ein Dorf namens Wrist.

Schlimm ist mir ja nicht, daß sie etwas hinter meinem Rücken tat, sondern daß sie mir den ihren zuwandte.

1734 sah man es doch richtig: gekränkter Ehr- und Besitzgeiz. Was war das? Pinneberg.

Was mich ärgert, ist nur, daß es mir genauso geht wie allen anderen auch. Ich schlage das Buch auf. Politik und Moral. Auf der ersten Seite schreibt der Verfasser, daß es keine einfachen Lösungen mehr gibt.

Hamburg. Es ist regnerisch. Ich kaufe mir den ›Spiegel‹, rolle ihn zusammen und schlage damit heftig nach den tiefhängenden Zweigen der Straßenbäume. Zwei Leute bleiben stehen und starren mich an. Ganz recht,

Ihr Zuschauer, es war ein Mordversuch! Dahinfahren soll er, erschlagen von der neuesten Ausgabe eines bekannten Hamburger Nachrichtenmagazins! Seine Ausgeglichenheit half ihm nichts, auch nicht seine Bildung, sogar das jahrelange abendliche Basketballtraining rettete ihn nicht. Zerschmettert liegt er da, sein Tod wird in der nächsten Ausgabe in der Rubrik »Gestorben« erwähnt. – Jetzt wird mir besser.

Ich spaziere weiter durch Hamburg. Tausende von Wahlplakaten. Ich stelle mir vor, all die beherrscht lächelnden Gesichter hinter den gescheiten Brillen, die mich von den Säulen, Wänden und Gestellen her anblikken, versuchten jedes auf seine Weise – die Stürme der Eifersucht zu verbergen! Man denke sich den Kandidaten als betrogenen Ehemann – er ahnt längst alles und weiß genügend, aber wegen des Wahlkampfs muß er noch gute Miene machen – sofort bekommt sein Gesicht funkelndes inneres Leben, weckt Verständnis und Mitgefühl.

Jetzt ist mir sogar sehr gut. Zug nach Bremen um 14.50 Uhr. Er kommt aus Frederikshavn-Fredericia, hat also weit ausgeholt. Von Rechts wegen müßten um mich herum lauter Dänen sitzen. Der Himmel verfinstert sich, Regenströme pladdern, dann wieder Sonnenschein, in dem die glitzernden Tropfen wie aufgescheuchte Herden auf dem Fenster kreuz und quer laufen. Von Bremen aus möchte ich nach Osterholz-Scharmbeck und Bremerhaven. Vielleicht lerne ich im Schiffahrtsmuseum eine Frau kennen, die wieder vier Jahre aushält.

Ich lese weiter in ›Politik und Moral‹. Da gibt es Wechselwirkungen, direkte und indirekte Haupt- und Nebenfolgen alles dessen, was man politisch oder auch unpolitisch tut, – man will das Gute, schafft das Böse. Die Sache ist sehr unübersichtlich. Als ich in Bremen mit meinem Schirm kämpfe, weil der Sturm von allen Seiten zugleich bläst, glaube ich das Problem tief zu verstehen, auch seine Tragweite – dabei denke ich an Robert aus dem ›Struwwelpeter‹, der mit seinem Regenschirm zuletzt hoch droben in den Wolken gesehen wurde. Da es langsam aufhört, weniger zu regnen, ziehe ich mich mit einigen Zeitungen ins Café zurück und erfahre dort dankbar aus dem Wirtschaftsteil, daß es hier die »Weserrenaissance« gibt, besonders an der Fassade der Deutschen Dampfschiffahrtsgesellschaft »Hansa«. In der ›Frankfurter Allgemeinen‹ lese ich eine Todesanzeige, welche mit den Worten beginnt: »Statt Karten: Herr, Dein Wille geschehe!« Damit bricht die Sonne durch, ich verlasse das Café. Der Bahnhof von Bremen verdient drei Sterne.

Ich muß ihn morgen noch einmal besichtigen.

Im Kino: Steve McQueen! ›Tom Horn‹ endet am Galgen nach bärbeißigen Sprüchen, seine Zeit ist vorbei. Ich weiß jetzt, daß ich Filme doch lieber sehe als mache. Regnen tut's, vor der Vorstellung, nach der Vorstellung, die ganze Nacht.

Beim Frühstück fällt die Entscheidung: Bremerhaven unterbleibt! Ich will ins tiefe Land – Zug nach Uelzen 7.36 Uhr! Weserrenaissance ein andermal.

Der Hauptbahnhof ist ein wirklicher Tempel wie eigentlich fast alle älteren Bahnhöfe. Irgend etwas oder irgend jemand wurde früher darin verehrt. Vielleicht bin ich selbst auf einer Wallfahrt.

Jagende Wolken, rote Bauernhäuser mit grünen Türen. Die Stationen heißen zum Beispiel: Visselhövede.

Ein bunteres Bahnhofsgebäude als in Soltau habe ich noch nie gesehen. Ich steige um. Eine Zigeunerin fragt mich mit runden Augen, ob der Zug in Schneverdingen hält. Ich schlage nach. In den vier Jahren habe ich manches verlernt. Es soll sich schon jemand im Kursbuch den Daumen gebrochen haben. Wieso komme ich niemals nach Rotenburg an der Wümme?

Dafür winkt mir auf dieser Fahrt Holm-Seppensen.

Peng, da ist die Sonne!

Graue Pferde grasen, Schranken klimpern, das Überschreiten der Gleise ist verboten. Die Bahn spricht wieder zu mir. In Schneverdingen können die Jungen ziemlich gut werfen, man sieht es am Stationsschild. Danach ein Truppenübungsplatz, zerfurchte rote Erde. Auf dem Nebengleis ein Güterwagen mit Schützenpanzern.

Wintermoor. Auf einer weiten windgezausten Wiese ein einziger unglaublich schiefer Baum. Ein Land der Einzelgänger: in einer großen Herde schwarz-weißer Kühe eine einzige braune.

Handeloh. (Schandelah ist ganz woanders.) Viele Menschen steigen ein.

Holm-Seppensen. Es regnet schon wieder. Der Schaffner steht tapfer im Guß und ruft mit äußerster Drahtigkeit: »Einsteigntürschließn!« Er will ja ins Trockene. Da springt aber im letzten Moment einem Mann beim Einsteigen der Hund vom Arm und rennt zum Stationsgebäude zurück. Der Schaffner sieht's, er knickt zusammen wie ein gebrochener General, denn der Regen verstärkt sich. Der Hund ist jetzt wieder da, wir fahren. Unterm Dach der Station steht eine uralte Dame und winkt in die falsche Richtung, sie muß so gut wie blind sein. Ist der Mann mit dem Hund ihr Sohn?

Der Zug steckt voller Achtzehnjähriger aus einem Ferienlager, die alle noch eine Karte lösen müssen. Der Schaffner, noch triefend, kann es kaum fassen, stellt sich aber dann der neuen Herausforderung.

Vor Buchholz hat der Regen etwas aufgehört, aber gerade beim Aussteigen bricht er wieder ordentlich los. Sämtliche Achtzehnjährige und ich drängen sich unter dem knappen Vordach eines Kiosks. Die Jungen sind groß und kräftig, einige picklig, einige bebrillt, alle freundlich und lustig. Leider beginnt einer, den anderen die Überschriften der Zeitungen und Illustrierten vorzulesen, die anderen tun bald desgleichen. Ich schlage den Kragen hoch und steuere durch die Pfützen zum Triebwagen nach Lüneburg.

Kursbuchlektüre: ich habe eine namenskundlich sehr interessante Strecke vor mir: Brackel, Marxen, Vögelsen – besonders gespannt bin ich sofort auf Mechtersen und Ochtmissen.

Wenn man sich noch in dem Alter befindet, in dem es in Regensburg regnet und in Passau alles paßt, dann steckt das Kursbuch voller Geschichten, auch warnenden Charakters wie diese: »Schon wieder ein junger Mensch beim Marxen ertappt! Hätte er es nicht beim Mechtersen belassen können? So ein Brackel! Die Jugend läßt jedes Ochtmissen vermissen!« Inzwischen sind die Achtzehnjährigen alle da. Ich könnte ihnen die Geschichte vorlesen, lasse es aber, denn ich möchte nicht zu allem übrigen auch noch das Gefühl haben, unverstanden zu bleiben.

Der Zug besteht aus zwei aneinandergehängten Triebwagen. Ich sitze im leeren »Führerraum« des zweiten. Durch dieses Wort verwandelt sich der Wagen flugs in einen Weltkrieg-II-Bomber, der mit bedrohlichem Kampfgeräusch über die Kornfelder hinfliegt. »Bitte bei bedientem Führerstand seitliche Sitze nicht besetzen!« Mein ganzes Glück: zur Zeit bedient keiner! So brummen wir gebieterisch durchs buschige Land, vorbei an Mooren und Zäunen, Bächen und Wurzelstöcken. Überall stehen Jungkühe. Sie sind am Nacken ganz flauschig wie teurer Velour. Das Land ist am ländlichsten, wo es am plattesten ist und kein Hügel in der Nähe.

Da ist die nächste Botschaft! Neben die Eingangstür des Bahnhofs Lüneburg hat jemand mit weißer Kreide gekritzelt: »Auch ein Gangster schreibt mal«!

Das ist ein Fingerzeig von ganz oben. Ich denke an meine Mutter. Plötzlicher Zweifel: vielleicht ist dieser Satz literaturkritisch gemeint. Das Gebäude erscheint mir recht ärmlich – dafür gibt es hier aber etwas sehr Seltenes: einen »Bahnarzt«. Sprechstunde nach Vereinbarung. Vielleicht gehöre ich längst dorthin. Jetzt merke ich, daß ich mich im Westbahnhof befinde, der nur für die kleineren Linien da ist. Jenseits der Straße liegt der sehr viel prächtigere Hauptbahnhof.

Vorschnell ernenne ich Lüneburg zu einem guten Ort, an dem ich über mich und Judith nachdenken kann. Ich versuche es in der Johanniskirche, aber die ist viel zu berühmt und aus dem 14. Jahrhundert, sie wimmelt von Besuchern mit Blick zur Decke. Ich fliehe also die Backsteingotik und versuche es mit einem Restaurant, welches als »Verkehrslokal des Landesjagdverbandes« ausgewiesen ist. Bei meinem Eintreten gehen zwei oder drei Oberkellner in Habt-acht-Stellung und blicken ehrerbietig drein, so daß ich augenblicklich um den Rest meiner Barschaft fürchte. Ich erkundige mich hastig, ob ein Herr VÖGELSEN sich hier aufhalte. Man verneint ehrerbietig, ich bin im Nu wieder draußen.

In einem anderen Gasthaus fühle ich, daß ich mein Thema jetzt angehen kann, und ich sehe klar, daß ich Judith, das Zugfahren und die scheinbaren Idyllen in einen Zusammenhang bringen muß. In diesem gedankenvollen Moment fällt eine Reisebusbelegschaft ein und verheert die Stätte.

»Sind bei Ihnen noch fünf Plätzchen frei?«

Ich höre viel Neues aus Krefeld, hauptsächlich Krankengeschichten, und lasse es bei der Suppe bewenden. Ich fühle mich wie verfolgt.

Das schönste alte Haus ist das der Industrie- und Handelskammer. Die Giebel haben hier einen Stufenschnitt. Man könnte sich auf jedem Absatz eine huldigende Figur vorstellen und oben etwas Heiliges.

Am Fußgängerübergang notiere ich mir meine Eindrücke. Plötzlich hält ein Autofahrer, kurbelt die Scheibe herunter und ruft mir zu: »Hilfspolizist!« Aber die alte Dame neben mir hat von mir eine bessere Meinung: »Nein, Sie haben recht, junger Mann, anders kann man den Kerlen nicht beikommen! Man kann nicht alles dulden!« Ich nicke verwirrt und strebe zum Bahnhof. Mit dem Denken war es nichts in Lüneburg.

Zug nach Hannover.

Ich fahre nicht deshalb mit dem Zug, weil ich dadurch alles so schnell erreichen kann, sondern weil alles dadurch so schnell vorüber ist. Ich sehe, weil ich aus so einem schnellen Zug relativ langsam schaue, von allem nur die Oberfläche, also wird es idyllisch, hübsch und putzig. Und mit Judith war es genauso. Ich greife wieder zu ›Politik und Moral‹. Hier erfahre ich zu allem Überfluß, daß es vorwiegend an Leuten meiner Art liegt, wenn alles immer windiger wird.

Ab Hannover nehme ich den Intercity »Walhalla«, er geht über Köln nach Süden. Im Abteil sitzt eine dänische Mutter mit zwei Kindern, alle langgesichtig und strohblond. Sie sehen mich ernst an und besprechen, was sie da sehen, auf dänisch. Das Mädchen liest Micky Maus, der Junge versucht seinen Kopf auf ihre Schenkel zu legen und zu schlafen, worauf sie ihm diese Stütze entzieht und lieber seinen Nacken mit ihrem Bein umschließt. Das wird ihm wieder zu heiß. Sie rangeln etwas herum, bis er das Schlafen aufgibt. Jetzt studiert er die Rückseite meiner Zeitung. Ich halte sie etwas höher, damit er alles sehen kann. »Es ist gut«, bemerkt er sachlich und liest weiter. Ich halte die Zeitung mit der Linken und schreibe ins Heft mit der Rechten.

Judith war und ist schön, anschmiegsam und eigensinnig, was durchaus zusammengeht, man stelle sich Katzen vor. Allerdings entstehen diese Eigenschaften Judiths durch mich. Was ist sie, wenn nicht *ich* der Maßstab bin? Für den anderen ist sie wahrscheinlich etwas mir ganz Fremdes – und sie sieht sich selbst lieber so, wie *der* sie sieht.

Mir gab sie den Frieden, den ich brauchte, nachdem ich mich auf Spannendes und Ermüdendes eingelassen hatte. In Wirklichkeit war sie nicht begabt, Frieden zu spenden, sondern selber spannend.

Bielefeld.

Erst wollte ich in Ruhe gelassen werden, dann wollte ich wenigstens in Ruhe arbeiten. Dann ließ ich meine Arbeit immer unruhiger werden und zwang damit Judith zu immer mehr Ruhe. Glücklich konnte sie so nicht werden, ich sehe jetzt alles klar vor mir.

Dortmund.

Ich könnte in den Intercity »Hölderlin« auf dem gegenüberliegenden Gleis umsteigen und Judith anrufen. Hölderin hat Telefon. Aber ich überlege zu lang, ob das richtig wäre. Es bleibt bei »Walhalla«. Ich könnte bis Regensburg durchfahren und dann nach Marktredwitz weiter, wo ich nachts um 1.45 Uhr einträfe, um im Wald auf einem Hochsitz zu schlafen und morgens die Rehe zu beobachten.

Doch beim Reisen mit einer Netzkarte weiß man nie, ob man gerade ein- oder aussteigt. In Essen steige ich aus dem Hochsitz aus oder ins Industriegebiet ein. Eigentlich möchte ich mit einem Bahnbus nach Velbert fahren, warum, weiß ich nicht. Aber der ist gerade weg, also gehe ich wieder zu einem Zug.

Wieso überhaupt »Eifersucht«? Trifft das auf mich zu? Judith zu verlieren, kann ja nicht leicht sein. Ich habe Sehnsucht nach ihr, sie kommt nicht mehr, mir tut das weh, na und? Was soll daran falsch sein?

Ziemlich viele verfallene Häuser hier, oder sehe ich nur die? Fabrikanlagen mit weißem und braunem Rauch, Metallstreben mit Nieten, Gemüsebeete, zwei Jungen basteln an einem Geländemotorrad.

Ich komme mit nichts wirklich in Berührung. Zugfahren heißt sich Arbeit ersparen und dabei das beruhigende Gefühl haben, daß immer noch alles da ist, alles drin ist. Das halbe Deutschland liegt am Weg und grüßt mich faulen Hund durchs Fenster.

Wo bin ich? Wanne-Eickel. Raus!

Ich gehe ins Zentrum von Wanne und suche ein Hotel –

keines zu finden! Wo »Hotel« dransteht, handelt es sich um Dauerquartiere für ausländische Arbeiter. Ein etwa fünfzehnjähriger Türke streckt mir eine Handvoll Weintrauben hin und sagt: »Hotel nix, Kollege nix. Du Kollege?« Ich wage nicht zu bejahen, ich weiß nicht, was das Wort gerade für ihn meint. Ich blicke freundlich, nehme eine Beere, gehe grüßend. In der Fußgängerzone setze ich mich ratlos auf einen frei herumstehenden Blechstuhl. Ich beschließe, die Hotelfrage sei nicht wichtig. Schließlich kann ich in einen beliebigen Nachtzug steigen und dabei noch Geld sparen.

Ein älterer Mann will mich ansprechen, aber da setzen gerade mit Macht die Abendglocken ein. Ich verstehe kein Wort, er versteht kein Wort. Er lächelt verlegen und zieht weiter.

8. Von Eickel bis Freilassing

Das war erst Wanne, es gibt ja noch Eickel!

Ich trete einen Fußmarsch an. Auf der Straße spielen Scharen von Kindern, beaufsichtigt von Müttern, die groß und füllig in den Fenstern lehnen und ab und zu einen Namen hinunter rufen, mit Zusätzen wie: »Essen komm'n!« oder »Komm dumma' erss hoch!«

Meine Suche bleibt ergebnislos. Hier schläft man nur im eigenen Bett, und wenn nicht, dann zumindest nicht im Hotel. Kneipen hingegen gibt es. Alles sitzt müde an der Theke, erledigt von Arbeit oder Arbeitslosigkeit, und trinkt Bier aus Sektflöten.

Ich versuche es mit der Telefonzelle, aber die Wanne-Eickeler Seiten sind aus dem Buch gerissen. Auf der Polizeistation nach einem Hotel zu fragen, widerstrebt mir.

Still gehe ich Richtung Bahnhof zurück und bin erleichtert, als ich ihn wieder sichte. Ich entscheide mich für Gelsenkirchen, wo ich nach kurzer Fahrt eintreffe und – ein Hotel finde! Das wäre erledigt, jetzt muß ich nur noch Sinn in mein Leben bringen.

Was tun? Ich könnte Legasthenie zum Hobby erheben! Vorhin las ich »Krimhilde« statt »Kriminelle«.

Oder: ich könnte einen Briefkastendienst einrichten: »Jeder gewünschte deutsche Poststempel auf Ihrer Urlaubskarte binnen drei Tagen! Unser Mann ist mit Netzkarte unterwegs und fingiert Ihr Alibi zuverlässig! Maßvolle Preise!«

Ich versuche Judith anzurufen, ganz ohne weiteres, bevor ich zu zögern anfange. Niemand da.

In Wanne fand ich Kneipen, als ich ein Bett suchte. Hier lachen mich Brautkleider und Teppichböden an, als ich etwas essen will. Ich suche hartnäckig. Auch die Ahstraße bietet keine freudige Überraschung. Ich glaube, dieses Land hier ist die Wirklichkeit selber.

Ich trinke Bier. Das nächste kommt hier immer von selbst. Neben mir sitzt ein Mann. Mit dem will ich reden, aber er ist taub. Daß die Schalker, sagt er, neulich gegen Uerdingen gewonnen haben, das glauben die selber noch nicht richtig! Während ich dazu kein Wort sage, blickt er geradeaus, schüttelt eigensinnig den Kopf, als behauptete ich schon seit geraumer Zeit das Gegenteil, und winkt traurig ab. Wir schweigen.

Auch das dritte Bier kommt von selbst. Langsam stellt sich das beruhigende Gefühl ein, daß über alles schon genügend nachgedacht und insofern nichts versäumt worden ist. Das, was mich jetzt trösten könnte, war bestimmt bei dem dabei, was ich bereits gedacht habe – also wird es mir irgendwann wieder einfallen.

Viertes Bier. Die Frauen sind hier alle sehr hochtoupiert und onduliert, Gelsenkirchener Barock. Überhaupt alles wirkliche Menschen. Nein danke, ich gehe jetzt!

Habe ich schon gezahlt? Welche Farbe hat eigentlich der Mensch, wenn er nicht blau ist? Also dann –!

Nachts schrecke ich hoch und weiß zuverlässig: Sätze, die mit »einerseits« beginnen, will keiner mehr hören. Langsam komme ich zu mir und überlege, ob ich das aufschreiben soll. Das Licht geht nicht an. Der nächtliche Bahnhof vor dem Fenster gibt nur einen schwachen Schein. Über den Vorplatz spaziert eine Katze. 4.35 Uhr. Ein Zug mit hellerleuchteten Fenstern fährt ein. In diesem Licht kann ich schreiben.

Aus dem Kursbuch geht hervor: es ist der Fernzug Paris-Kopenhagen. Soll ich Judith morgens anrufen, bevor sie zur Arbeit geht? Nein, zu riskant. Dann ist sie entweder verschlafen oder in Eile. Oder er ist dran.

Ich kann nicht wieder einschlafen. Die Reise selbst ist es, über die ich nachdenken sollte. Sie erweist sich nicht als das Mittel, das meine Probleme löst, sondern selbst als das Problem. Bisher habe ich immer am Meer am besten nachdenken können, also: Wilhelmshaven, Wangerooge.

Als ich mich nach dem Frühstück über das defekte Licht in meinem Zimmer beschwere, sagt man mir: »Ja, ja, wissen Sie, das Hotel sollte ja schon vor vier Jahren abgerissen werden.« Zug nach Wilhelmshaven. Ich steige aber schon in Münster aus. Ich möchte Sabine besuchen. Sie meldet sich nicht am Telefon, vielleicht geht sie gerade spazieren. Ich ergattere ein Schließfach und streune herum.

Die Pfarrkirche Liebfrauen-Überwasser sieht von außen sehr englisch aus. Auf dem dicken Turm stehen nur die kleinen Eckspitzen, die große Haube fehlt. Drinnen gibt es eine Anna Selbdritt und einen Schaukasten, in dem zu einer Wallfahrt nach Telgte aufgefordert wird. Leitwort: »Haltet fest an der Einheit des Geistes.« Das stärkt mich, aber nicht genug. Sabine ist noch nicht zu erreichen.

Ich gehe in die Nachmittagsvorstellung von ›Spiel mir das Lied vom Tod‹, einem Film über den Eisenbahnbau. Ich bleibe bis zu der Stelle, wo Cheyenne zu Mundharmonika sagt: »Und wenn das Ding noch so beschissen ist, mit einem Bahnhof fängt alles an!« Dann gehe ich zum Bahnhof, Sabine ist immer noch nicht da. Jetzt sind diejenigen im Urlaub, die keine Kinder haben. Ich komme eben noch einmal her, wenn Sabine zurück ist.

Jetzt will ich meine Mutter besuchen (die ist wenigstens immer da). Schon der Ordnung halber, Ordnung beruhigt.

Mit sportlichem Ehrgeiz prüfe ich die schnellsten Verbindungen nach Starnberg. Bei den Indianern hätte ich längst den Beinamen »Schneller Daumennagel«. Bis Siegen halte ich fast ständig den Schädel zum Fenster hinaus, das hilft, die Stimmung wird besser. Danach Speisewagen, Beaujolais.

Vater tadelte, wenn ich beim Einschenken den Flaschenhals auf den Glasrand legte: »Um Himmels willen! Nur-im-Speise-Wagen!« Hier also darf ich. Ein Mähdrescher staubt im Gegenlicht der Abendsonne übers Feld, während der Beaujolais mich erwärmt und mir das Gefühl gibt, daß meine Minuten teuer sind. Mir gegenüber thront ein dicker Mann mit Hosenträgern. Er bestellt sein zweites Bier. Ganz begeistert ist er, als nacheinander zwei weitere dicke Männer mit Hosenträgern den Speisewagen betreten: »Jetzt bin i nimmer alloa!« ruft er und hebt das Glas. Er ist bayrischer Abgeordneter und im Wahlkampf. Ich interessiere mich für seine Arbeit. Mein ausgesuchtestes Altbayrisch hole ich hervor, und trotz kleinerer Stockungen – ich bin schon zu lange in Berlin – schöpft er Vertrauen. Ich erfahre, daß es eine Schinderei ist, sich ständig aus riesigen Papierhaufen ein Urteil bilden zu müssen – oft über sehr nebensächliche Dinge. Ich frage, warum immer so wenige Abgeordnete im Plenum säßen. Er lacht schnaufend, beugt sich vor, will etwas sagen, wird aber dann doch vorsichtig und sagt es nicht.

Nach dem Umsteigen in Frankfurt hänge ich sogleich den Mantel über mich und schlafe. Erst kurz vor München wache ich auf.

Den Satz »Ich bin zwei Öltanks« habe ich nie verstanden, dennoch ging mein Leben weiter. Ich müßte einmal sammeln, was ich im Laufe meines Lebens alles nicht verstanden habe, ohne ihm nachzugehen. In den letzten Jahren nimmt es zu statt ab. Frühstück in München. Im Annoncenteil der Zeitung lese ich: »Spritz. dynam. Witwe wünscht ausgef. und harm. Partnerschaft.« Diesmal will ich die Lücke schließen und rätsele angestrengt über die Bedeutung von »ausgef.«, erziele aber nur vage Ergebnisse.
S-Bahn-Zug nach Starnberg. Draußen wird es bayerisch. Waldwiesen, einsame Heuwendemaschinen und Heumandl, Bäche. Mir wird klar, daß ich hier zu Hause bin.

Der Besuch in Starnberg ist lange vorbei, ich fange wieder an zu schreiben. Ich sitze beim Hiaglbauern in Wimpersing vor dem Haus unter einem Sonnenschirm und überlege, was an meinen Kindersommern und -herbsten anders war. Es trifft sich so dumm, daß nicht nur man selbst, sondern auch die übrige Welt sich ändert. So kann keine rechte Objektivität aufkommen, man weiß nie, ob früher die Sommer wirklich schöner waren oder nur man selber. Inzwischen kommt mein Weißbier. Vor dem Stall steht ein zehn Jahre alter Daimler, im Obstanger hängt bunte Wäsche mit viel Blau und Weiß. Rosen quellen von den Balkonen, es riecht nach Heu, Mist, Rosen, Gänsen und Erbsensuppe. Auf dem Tisch hat eines der Kinder eine Blockflöte und ein ›Flötenbüchlein für die Schule‹ liegengelassen. Aufgeschlagen ist: ›Grün, grün, grün sind alle meine Kleider‹ nach der Weise ›Durch ganz Deutschland‹.

Daß ich meine Pflicht getan und in Starnberg hereingeschaut habe, gibt mir ein gutes Gewissen. Mutters Haar ist überhaupt nicht mehr schwarz, sondern nur noch grau, aber sie fühlt sich verjüngt und sehr praktisch. Sie fährt ein Kleinauto, engagiert sich für das Vogelschutzgebiet und spricht vom aussterbenden Rohrschwirl. Mein

Bruder kommt spätabends aus der Firma wie früher Vater. Er trägt bayerische Anzüge mit Hirschhornknöpfen. »Ich mach's halt«, sagt er lakonisch. Mein Vater war nicht minder präzise, er sagte: »Einer muß es machen« oder »Wenn ich's nicht mache, macht's gar keiner!« Meine Schwester, kaum geboren, ist schon siebzehn. Was sie mit dem Pferd anstellt, ist nicht berühmt. Sie reitet zu wenig aktiv. Das Pferd tritt nicht genügend durchs Genick, der Gang wird unsauber, die Traversalen bleiben im Ansatz stecken. Die meiste Zeit verbringt sie auf ihrem Zimmer, sie hängt per Kopfhörer an der Stereoanlage wie ein Kranker am Tropf. In der Schule steht sie katastrophal.

Das war Starnberg, jetzt wieder Wimpersing: eine graue Katze mit weißen Pfoten putzt sich unter dem angelehnten Fahrrad. Braunhaarige Kinder in knielangen Shorts spielen mit den Mädchen vom Hof, welche unsinnig blond und langgezopft sind. Alle streiten eifrig und mit Lust. Geschwister erkennt man an der Nasenform. Jetzt kommt eine schwarze Katze, sie ist weit weniger furchtsam und geht direkt zu den Kindern. Die graue läuft ihr ein Stück nach, bleibt dann aber wieder hocken und putzt sich weiter, wozu sie eine Pfote in die Höhe streckt.

Aus dem Haus kommt jetzt der ältere Bruder und berichtet, daß ein Einbeiniger bei einer Behindertenolympiade »mindestens eins-fünfundneunzig« gesprungen sei – mit einem Bein! Hoch über seinem Kopf zeigt er, wo ungefähr eins-fünfundneunzig sei. Ungläubiges Staunen bei den Braunkrausigen und Blondgezopften, selbst die schwarze Katze stellt die Ohren. Dann hüpfen alle außer der Katze auf einem Bein und schreien sich triumphierend zu, wie hoch sie es jetzt schon »mindestens« geschafft hätten. Die graue Katze stutzt, holt die Pfote ein und flieht.

Zum Zahlen gehe ich hinein. Auf dem Tisch im Flur liegt ein altes Fotoalbum. Nach einem kurzen Gespräch frage ich: »Derf i amoi neischaugn?« Ich darf. Fotos etwa aus der Zeit zwischen 1870 und 1910, lauter Brautpaare – sie mit Kränzchen, er mit Schleife am Arm. Fast alle Gesichter ähneln denen der blonden Mädchen draußen, nur die Zöpfe sind auf den Fotos hochgesteckt. Zum Fotografiertwerden trug man schwere Gewänder, stellte sich im Atelier vor einen gemalten Hintergrund und legte eine Hand oder beide etwas linkisch auf eines der Prunkmöbel, die in allen Generationen wiederkehrten, weil sie zur Grundausstattung des »Hofphotographen« der Kreisstadt gehörten. Dieser war ein achtunggebietender Mann, alle seine Erzeugnisse tragen auf der Rückseite das bayerische Wappen. Dickwandig sind die Bilder und goldgerändert, sie stecken in prunkvollen Laschen, die aussehen wie die reichverzierten Bogenfenster eines Papierschlosses. Einige Male erscheint auch die kaiserlich-deutsche Uniform, dann hat der Hofphotograph nachkoloriert: blaue Uniform, rote Biesen und Schulterstücke, sogar die goldenen Knöpfe hat er einzeln mit zartem Pinsel nachgetupft. Weniger geschminkt erscheinen dieselben Fotos dann wieder auf den Gedenktafeln für die Gefallenen des Weltkriegs.

Alle Menschen haben gemeinsame Vorfahren, man muß nur weit genug zurückgehen. Auch wenn man mit Adam und Eva wenig im Sinn hat, müssen wir alle verwandt sein. Also sind wir alle Erben der Erde, und jeder müßte ein Pflichtteil kriegen.

Warum lag das Album auf dem Flurtisch? »Mei, bind'n miass'ma 's lass'n, weil's scho aso ausanandgeht.«

Auf den Kirchhof gehe ich auch. In Oberbayern ist ein »von« im Namen weit weniger wichtig als das Prädikat »von hier«. Nur darauf ist man stolz. Aber erst wenn auf einem Grabstein definitiv steht: »Josef Huber, Hiaglvater von hier«, dann ist der Adel perfekt.

Kaum bin ich in Bayern, ist Judith weit weg, ebenso Hamburg, ebenso Berlin, und ich selbst bin mir näher oder weiß wenigstens, wie das sein könnte.

Von Starnberg aus rief ich Judith in plötzlichem Entschluß an, mitten am Tage. Das Gespräch war hastig und etwas zu witzig. Zweimal gebrauchte ich die Formel »nur ganz kurz« und behauptete, ich sei schrecklich in Eile, weil im Aufbruch. Von der Familie fragte nach Judith niemand. Mein Bruder wollte anderes wissen: »Und was bist du jetzt gerade wieder?« Er leitet alle Fragen mit »und« ein. »Ich habe eine eigene Droschke«, antwortete ich.

»Sag das Mutter nicht, sag lieber ein Pferd.«

»Es ist aber kein Pferd, es ist die Funktaxe 4350!«

»Du bist vielleicht ein Vogel«, sagte mein Bruder belustigt, »sehr ingeniös ist das ja nicht!«

Mein Vater pflegte darauf hinzuweisen, daß »Ingenieur« von »Genie« käme. »Diese ganzen Aufträge«, erklärte er mir in der Fabrik, »alles, was du hier siehst, geht nach Übersee! Du sagst ›Kapital‹, ich sage ›Köpfchen‹! Patente! Gewußt wie! In-*genie*-ör!« Das Wort »Übersee« fiel oft, er riet mir dringend, Auslandserfahrungen zu sammeln. Irgendwann erwiderte ich wegwerfend: »Von Bayern nach Übersee? Das gehe ich doch zu Fuß!« und überließ ihn seiner Verblüffung.

Übersee: Dorf an der Tiroler Ache zwischen Prien und Traunstein.

Bayern: Weiler mit sechs oder sieben Höfen, keine fünf Kilometer von Übersee entfernt am Rand der Voralpen.

Ein Meßtischblatt bedeutete mir zeitweise mehr als drei frische Illustrierte. Ich lag stundenlang auf dem Bauch und studierte Oberbayern aus der schwindelnden Höhe von einer Handbreite. Dabei fand ich zwanzigmal »Wimpersing«, dreizehnmal »Eßbaum«, zehnmal »Windschnur«, mindestens ebensooft »Leitstube«, und – einmal »Bayern«, einmal »Übersee«.

Endlich kommt der Bus. Adieu, Wimpersing und Hiaglbauer! Der Busfahrer schaut auf meine Netzkarte und fragt entgeistert: »Ja, zahln'S jetzt da gar nix?«

»Nix«, sage ich, »koan Pfenning!«

Er schüttelt noch während der Fahrt so den Kopf, daß ich fürchte, es könne sich dem Fahrzeug mitteilen.

In Freilassing im Café. Ich unterhalte mich mit einem älteren Komponisten, einem Berliner mit Schnauze und Weisheit zugleich. Er komponiert und dirigiert seit vierzig Jahren, und immer in Bayern. Gern macht er runde, erstaunte Augen, auch wenn er längst weiß, wo es langgeht. Und hier ist, worüber er klagt: über die Verteuerung des Notenpapiers und darüber, daß die Könner aussterben. Damit sind wir bei der Schule. Dort gebe es keine Musikstunden mehr, sondern gewaltige Dinge wie »Musik-Leistungskurse«. Da säßen oft Schüler drin, die könnten kaum eine Note lesen, erreichten aber »durch Dusslig-Quatschen« eine Drei im Zeugnis. So sind die Zeiten! Angst habe er nicht. Es nütze nichts, Kohl anzubauen aus lauter Lebens- und Katastrophenfurcht. Mit Angst setze man nur sich und anderen zu, helfen könne man damit niemandem. Aber für all das sei er vielleicht zu alt. Oder alt genug.

Er fragt nach meinem Alter. Als ich es nenne, wird er versonnen. Bis 1960 habe es, sagt er, noch eine ältere Welt gegeben. Nun ja. Toll sei sie auch nicht gewesen.

So, jetzt besuche ich Freunde, jetzt lasse ich mich energisch auf Menschen ein! Ab heute geht es aufwärts, ich werde mein Ohr öffnen und lernen, das ist ja nicht utopisch, das können andere auch. In Starnberg habe ich meinen elektrischen Rasierer vergessen. Gut, mir auch recht! Ich rasiere mich in Zukunft naß! Wenn ich schon einen neuen Anfang mache, dann gleich mehrere!

Und das Schreiben lasse ich sein. Schluß mit dem Notieren, jetzt nur noch Sprechen, Anfassen, Pläne machen! Auf dieser Reise passiert vielleicht noch etwas Wichtiges, wenn ich das Meinige dazu tue.

9. Der deutsche Michel in Seelze und fünf Gespräche

Zehn Tage lang schrieb ich nichts auf, jetzt bin ich in Seelze. Es liegt in der Nähe von Hannover.

Bei meiner Ankunft stürmte und regnete es. Das Bahnhofshotel hatte geschlossen. Das ist kein rechter Ort, dachte ich, doch unverhofft saß ich im Alten Krug vor einem Glas Tee mit Rum. Draußen wird es immer garstiger. Drinnen: der Wirt und ich. Ich frage ihn, ob es hier ein Kino gäbe. »Gab es mal!« antwortet er gläsertrocknend. »Das war meins.« Vor achtzehn Jahren hat er aufgehört. Wo die Projektoren hingekommen seien? Verschrottet. Er habe noch achtzig Mark zuzahlen müssen. Nur die optische Entzerrung, die habe er gerettet. »Wenn Sie beim Film waren, dann wissen Sie ja: Anamorphote, die aschblonde Tochter des Waldbauern«, sagt er augenzwinkernd. Ich nicke wissend, verstehe aber kein Wort. Dafür kann ich jederzeit erklären, was ein »geblimpter Zoom« ist.

Die Bedienerin ist sehr interessant, sie sieht aus wie eine Indianerin und wiegt die Hüften.

Seit der letzten Eintragung in Freilassing bin ich etwa 4000 Kilometer gereist. Die Netzkarte dehnt die Zeit. Zehn Tage sind wie dreißig.

Meine Normalisierung macht Fortschritte. Zwar schüttelte der Kummer noch weiter an mir, aber das erwartete ich nicht anders. In Frankfurt packte er mich besonders, als ich waschen ging. Es fing damit an, daß ich keine Markstücke hatte. An der Kasse einer Peepshow konnte ich den Zehner wechseln, wurde aber sofort gröblich beschimpft, weil ich es ablehnte, den Weg zu den Gucklochautomaten anzutreten. Im Waschsalon, wo ich Frauen anzutreffen hoffte, war kein Mensch. Vor lauter Einsamkeit paßte ich nicht richtig auf und mischte die blauen Socken mit den weißen Hemden. Als ich ahnte, was ich angerichtet hatte, ärgerte ich mich und gab sofort Judith die Schuld daran. Darüber wieder ärgerte ich mich anschließend und versank, den Fortgang des Waschprogramms verfolgend, in Trübsal.

Eine besondere Stimmung hatte ich in Augsburg. Dort ging ich in den alten Film ›Der Arzt von Stalingrad‹. Ich fragte mich, warum in den 50er Jahren die Bösewichter so viel lachten und die Guten keine Miene verzogen – vielleicht schlechtere Zähne? Ich wollte dann ein Bier darauf trinken, daß die 50er Jahre vorbei waren, aber Augsburg war schon schlafen gegangen. Nur noch der Hotelportier, der auf mich wartete, hielt sich aufrecht. Ich ließ mir den Nachtschlüssel geben, wanderte stundenlang durch die dunkelsten Gegenden der Stadt und versuchte, meinen Kummer zu einer großen, imponierenden Figur von Trauer und Weisheit zu ordnen. Am Schluß war ich von mir ganz begeistert und legte mich schlafen.

Schlimmer erging es mir am Bodensee, einem äußerst melancholischen Gewässer. Uralt und schwerkrank fühlte ich mich zwischen Lindau und dem Basler Badischen Bahnhof. Ich fühlte die Gewißheit, daß ich Krebs hätte, wußte bloß noch nicht, wo. Als ich ganz sicher war, ergab ich mich dem Abschiedsschmerz, rappelte mich aber noch einmal hoch und spielte mit dem Gedanken, vor meinem Ableben als Einhandsegler den Atlantik zu überqueren. Dieser Plan verflüchtigte sich, denn ich sah ein Zugunglück voraus. Für den Fall, daß beides auf sich warten lassen und der Tod mich erst noch auf die Folter spannen würde, beschloß ich zu verschellen. Mir war aber dabei, als gäbe es dieses Wort gar nicht. »Verschollen« gab es, aber über die Präsensform hatte ich Zweifel. Bei Kleinkems – die Sonne ging hinter den Vogesen unter – wiederholte ich einige Male: »Ich verschelle, du verschellst, er verschellt«, doch der Zweifel blieb. In Freiburg verpaßte ich dann den Zug nach Titisee, weil ich in

Basel die Uhr nach der Schweizer Zeit gestellt hatte. Also fuhr ich die Nacht durch bis Altenhundem im Sauerland und besuchte dort einen Diplomaten, aber davon später.

Und dann der Herbst! Unausstehlich, wenn man selber herbstelt! Alte Bunker erspähte ich, bröckelnde Mauern, erste gelbe Blätter, Morgennebel, Abendrauch. In früheren Jahren war bei mir das erste Anzeichen von Herbst immer eine Nachdenklichkeit, ein frommes Gefühl, eine Bereitschaft zu dienendem Fleiß – natürlich eine Spätfolge aus der Schulzeit! Im Herbst wurden neue, glatte, saubere Hefte angefangen, die erste Seite immer in Schönschrift.

Damit an die Arbeit: ich besuchte Sabine in Münster, Christoph P. in Baden-Baden, Dr. T. in Altenhundem, Dorothee in Marburg, den Lehrer V. in Göttingen. Das aufzuschreiben, soll die Arbeit von Seelze sein.

Ich fange mit Münster an.

Diesmal war Sabine da. Sie war braun, denn sie kam aus Tunesien.

SABINE

»Ich erkenne die Mäntel von Eisenbahnfahrern immer am abgerissenen Aufhänger«, sagte sie, als sie meinen Trenchcoat weghing. Sie wohnt in Münster, ist aber eine typische Münchnerin, aufgewachsen in Michelstadt. »Kein Mensch fährt in den Odenwald!« klagte sie.

1967 war sie mit mir nach Berlin gezogen, hatte als Sekretärin in einer Papier-Großhandelsfirma gearbeitet. Dann holte sie das Abitur nach, jetzt studiert sie Medizin. Nachdem ich sie verlassen hatte, lebte sie mit einem anderen zwei Jahre. Sie ist langsam, kein Mensch hält ihre Langsamkeit aus. Sie reagiert auf keine Finte, sie ist durch nichts irritierbar. »Ich finde es gar nicht so übel allein«, sagte sie, »ich komme zurecht.« Woran hält sie sich, warum hat sie sich nicht umgebracht – sollte man mehr langsam sein, um zu bestehen? Stur ist sie nicht, glänzend ist sie nicht – sie ist einfach von Dauer und bringt alles zu Ende.

1967 wurde sie von den heiseren Stimmen aus den Megaphonen übertönt, und dafür hasse ich solche Stimmen jetzt gründlich. Sie erinnerte mich während des Gesprächs im Spaß an meine damaligen Schlafgewohnheiten: ganz allein, nur keine Berührung! Einmal hätte ich mich nachts losgestrampelt und voll Zorn geflüstert: »Laß mich in Ruhe, ich spreche zu den Arbeitern!« Morgens hätten wir darüber immerhin gelacht.

In der Oberlippe hat Sabine eine gerade, senkrechte Furche, das läßt sie klug und gewissenhaft aussehen. Sabine war damals wie der Spitz in ›Max und Moritz‹, der den Hühnerdiebstahl beobachtet, ungehört Alarm schlägt und später auch noch die Prügel bekommt. Sie wollte damals nicht so schnell von dem abrücken, was sie bisher für wahr gehalten hatte. Sie nahm sich Zeit, das allererste, was Größenwahn niemandem gestatten will.

Irgendwo hat und hatte sie immer einen Halt, sie lebt mit einer Botschaft und verkündet sie mit jedem Satz, ich begreife sie nur nicht. Sie liebte mich mit Hingabe, 1967, bis ich von einem Tag auf den anderen fand, das sei alles repressiv. Sie nannte mich »Liebster«, und ich sie »Liebste« (wenn ich ein schlechtes Gewissen hatte). Im Bett pflegte sie mir ins Ohr zu zischeln: »Ganz zart ›Grüß Gott‹ sagen!«

Dann wurden wir befangen und sorgenvoll, mit der Sprache fing es an, ich hätte ihr, behauptete ich, schon lange mißtraut. Die neue Sprache war keine, in der man sich lieben konnte. Und der Zauber des Wortes »Arbeiterklasse« dauerte nur kurz – eine Art Wunderkerze.

»Die Berliner Zeit«! In Münster sprachen wir ausführlich darüber. Sie wollte wissen, ob sich in Berlin noch immer alle duzten. Über Schule und Examen fragte sie mich nichts – sie sagte irgend etwas Tröstendes, ich weiß es nicht mehr. Meine wütende Kritik an der APO-Zeit teilte sie nicht. Mit der ruhigen Strenge ihrer Oberlippe sagte sie, alles sei eine Frage der Dauer, insbesondere wenn man sich für Unterdrückte einsetze. Davon, wie lange man es tue, hänge alles ab. Die Dauer sei das Überzeugende, nicht dieses oder jenes Argument. Und die »Wunderkerzen«, das seien damals eher die Leute selbst gewesen.

Der Regen hat aufgehört, ich mache einen Spaziergang durch Seelze. Ich erreiche eine interessante, etwa vier Meter hohe Pyramide. Da fängt es wieder an, ich flüchte zurück zum Krug. Unterwegs ein Schaukasten mit alten Fotos, darüber ein willkommenes Vordach. In Seelze gab es früher eine »Caoutchouc- und Gutta Percha Compagnie« mit ehrfurchtgebietendem Fabrikgebäude. Die Steinpyramide heißt »Abendrots Turm«. Was sie bedeutet, muß ich noch herauskriegen. Ferner Fotos von Fußballmannschaften zwischen den Kriegen: ältere, hagere Männer, der Tormann trägt eine Schiebermütze. Seelze liegt an der Leine, hinter den Häusern fließt sie durch die Wiesen.

Über die Vergangenheit konnten Sabine und ich uns gut verständigen, auch über unsere eigene. Wir haben nicht mehr das Gefühl, da oder dort habe es bei uns »nicht gereicht«. Wir brauchen überhaupt keine Gründe mehr. Und was ist Liebe? Vielleicht kriegt man es heraus, wenn sie vorbei ist. Ich sagte, Liebe sei immer auch die Zuversicht, daß es noch mehr solche Menschen gebe. »Du sprichst aus deiner Situation heraus«, sagte Sabine.
  Ich bin sicher: Sabine weiß alles, was ich brauche, aber ich kriege es nicht zu fassen. Im übrigen ist mir klar, daß auch ich ihr ein Rätsel aufgab. Sie fragte sich die ganze Zeit, warum ich sie wohl aufgesucht hätte. Mit den möglichen Antworten setzte sie sich insgeheim auseinander.
  Wir tranken Wein und wurden lustig. Wieso Hotel?

Natürlich könne ich bei ihr übernachten – falls ich mich nicht genierte! Es war spät geworden.
»Wann fährt denn morgen dein Zug?« fragte sie.
»Egal! Der nach Norddeich geht um sieben Uhr dreißig.«
»Willst du vorher lieber schon den Wecker stellen?«
»›Vorher‹ – was meinst du damit?«
»Du willst doch nicht *nur* den Wecker stellen?«
Ich verneinte. Sie kam aus Tunesien, ganz braun und fidel. Ich vergaß den Wecker und sagte zart »Grüß Gott!«. Beim Frühstück litt die Unterhaltung, weil die Waschmaschine ratterte und schüttelte. Ich fragte Sabine, ob sie mit auf die Reise kommen wolle. Nein, denn sie würde mich in Schwierigkeiten bringen. Sie pflegte die Notbremse zu ziehen, wenn sie eine Wiese mit Margeriten sähe.

Im Zug zwischen Münster und Baden-Baden saß ein fast noch brauneres Mädchen. Sie erklärte ihrer Freundin, wo die Balearen lägen. Auf der gebogenen Oberfläche ihres nackten Schenkels – sie trug Shorts – zeichnete sie mit dem Finger die Konturen: »Wenn hier Mallorca liegt, dann ist das Menorca...« Lauter Kreise malte sie sich unsichtbar auf die Haut. Ihr Knie gab die Nordrichtung an. »Und genau dort, da waren wir!« Ich begann sie anzublicken und meine Suggestivwirkung in Schwung zu bringen, wobei ich immerzu dachte: »Nur keine Entgleisung jetzt!« Meine Blicke sind, glaube ich, eine Art Drohung und zugleich der Test, ob die Adressatin diese Drohung genießt. Wenn sie das Verrücktspielen langweilig findet, habe ich eine Niete gezogen. So auch hier, die Entgleisung blieb aus – die beiden liebten sich!
Ich wandte meine Aufmerksamkeit wieder der Entgleisung zu, die ich wirklich erwartete: der Zugkatastrophe. Hie und da glaubte ich genau zu wissen, auf welcher Strecke die Sabotage erfolgen würde. Ich studierte auch

das Gesicht jedes Bahnbeamten, ob er vielleicht nach menschlichem Versagen aussähe. Hinter Mannheim gab es wirklich eine ruckartige Bremsung auf offener Strecke, aber – keinen Zusammenstoß! Wir standen nur sechs Minuten.

Wann wird es mir auf dieser Reise gelingen, erotisches Neuland zu betreten, wirkliche weiße Flecken auf der Landkarte? Die Anzeichen sind nicht günstig. Als ich in Böblingen einer jugendlichen Wandersfrau den Rucksack in den Gepäckständer hieven wollte, beschied sie mich zweisprachig: »Des kani au alloi, its no problem!« Ich behindere nur die Emanzipation des Weibes.

Da es gerade nicht regnet – es scheint sogar die Abendsonne –, verlasse ich noch einmal den Krug. Die exotische Bedienerin wird mir immer geheimnisvoller, denn sie spricht mit einem anderen Gast weit besser englisch als deutsch mit mir.

Im Schaufenster der Apotheke steht das Modell einer Dampflokomotive als Reklame – ohne nähere Begründung, dennoch überzeugend. Die Fahrschule um die Ecke wirbt mit dem üblichen Modell eines Vorkriegs-Opels, aufgeschnitten, damit man die Schaltung oder Kupplung begreifen lernt. Obendrauf aber steht eine Blumenschale, weit größer als das Auto, mit üppigen Gewächsen. Zurück zum Krug.

CHRISTOPH P.
Christoph ist Kameramann und sehr erfolgreich. Über den Preis seines Hauses hoch über Baden-Baden meinte er nur: »Die müssen die Wände mit Gold ausgegossen haben.«

Bei abendlichen Unterhaltungen ist er meist müde und vertraut auf die Sprachgewalt seiner Frau. Er wirft nur ab und zu etwas ein, was wirklich fehlt. Christoph raucht Pfeife und fühlt sich manchmal als Indianer. Im Keller hat er einen »Vielzweckraum« und im ersten Stock ein großes Panoramafenster, welches der Architekt für die Aussicht über die ganze Stadt vorgesehen hat. Gerade dort hat man aber, sagt Christoph, bald darauf ein »etwas umstrittenes« hohes Gebäude hingebaut.

Von der Arbeit her kenne ich Christoph als ideenreich, unwirsch und unerbittlich. Unser Film drehte sich um einen bundesdeutschen Gesangsstar. Der hatte kritisiert, man beleuchte ihn zu schwach. Schließlich kämen ja die Leute seinetwegen ins Kino. »Gut!« antwortete Christoph lakonisch. »Ich knalle dir einen ›brut‹ drauf, dann läufst du herum wie Jesus.« Er tat natürlich nichts dergleichen. Leute wie Christoph nehmen Schauspieler nicht ernst.

»Beim Film«, pflegt er zu sagen, »gibt es Jäger, Sammler, Verhandler, Leute, die ackern, und sonstige.« Kameraleute ackern und jagen abwechselnd, vom Set kommen sie nie weg. Wenn der Kameramann kurz hinaus muß, stehen alle Räder still, keine Lampe kann ohne ihn hin- oder hergerückt werden. Aus der APO-Zeit erinnert er sich an ein Gefühl der Zusammengehörigkeit. Plötzlich hätte man überall Leute gehabt, überall schlafen oder reden können. Jetzt ist er in einen Reitclub eingetreten. Mir fiel ein, daß mir 1968 jemand gesagt hat, er könne das Wort »Gestüt« nur mit gemischten Gefühlen hören, es erinnere ihn so an – tja, an die bürgerliche Familie.

Damals hätten einige verrückt gespielt, wirklich gespielt, meinte Christoph, im Sinne einer Inszenierung. Er selbst hätte glücklicherweise irgendwann eine Kamera in die Hand genommen, daher sei er jetzt der absolute Macher. Sonst würde er vielleicht mit einer Kanone herumlaufen. Ich hatte Zweifel: »Bist du mit dir im reinen?«

Sich selber rein halten wie einen Spiegel, sagte er, das könne man nicht. Damit mache man nur sich und andere aggressiv. »Wenn ich Rechtsanwalt, Professor oder Richter wäre, dann könnte ich jeden Pup im Dienst der

Menschheit lassen! Ich bin aber Macher, mein Name steht für Perfektion, die lasse ich mir bezahlen. Und ich diene nur mir selber und meinem Spaß, – der wieder etwas mit Perfektion zu tun hat! Ich halte das wenigstens für ehrlich!« Darin konnte ich ihm nicht widersprechen. Christoph ist hochbegabt, er hat einige Examina mühelos absolviert und löst jede Woche das Kreuzworträtsel in der ›Zeit‹. Er sagte, seit er gewußt hätte, daß er über vierzig werden würde, sei eine Veränderung in ihm vorgegangen. Früher hätte er die Minuten genossen, wenn sie besonders viel gekostet hätten, heute sei ihm behaglicher in denen, die etwas einbrächten.

Seinen Beitrag zur Kultur schätze er jetzt eben anders ein. Als Junge hätte er sich bei Klavierkonzerten mit dem Pianisten identifiziert, als Fünfundzwanzigjähriger mit Beethoven und seit geraumer Zeit vergleiche er sich mit dem Klavier. Das sei kein schlechter Platz. Der wichtigste Widerstand gegen stumpfsinnige Geldgesichtspunkte schare sich immer um das Instrument und seine Möglichkeiten. Er brauche bloß müde in die Runde zu blicken und zum Produktionsleiter zu sagen: »Hier brauchen wir den großen Jiparm, den Skylift und mindestens hundert Komparsen, damit sich etwas rührt, sonst habt ihr euer Geld für dieses Motiv weggeschmissen, wir haben nichts davon!« Der Kameramann spreche oft das Machtwort, das dem Regisseur helfe, denn der habe nur seinen Kopf, aber keine Kamera.

Es war zwei Uhr oder später, wir tranken die dritte Flasche Württemberger und kamen auf immer Grundsätzlicheres.

»Wenn du findest, der Regisseur sollte diesen Film machen, dann verlange von ihm nicht Gerechtigkeit oder Milde oder Vernunft, sondern unterdrücke die Widerstände. Als Aufnahmeleiter darfst du nicht der Büttel der Produktion sein, sondern mußt dem Regisseur gegen Idioten und faule Hunde helfen!«

»Ich will aber kein Sklave sein, auch nicht für eine gute Sache«, sagte ich. Er seufzte. »Du bist eben doch noch kein Profi!« – »Deshalb fahre ich jetzt ja auch Droschke«, erwiderte ich. Und dann formulierte ich Einwände gegen Film schlechthin, von heiligem Zorn bewegt und darüber selbst verblüfft. Ich sprach von der Besetzung des Kopfes durch Filmbilder, von der Vermarktung der Fantasie, ich erfand eine Menge neuer Wörter. »Du sprichst meine Texte von vor zehn Jahren«, sagte Christoph mit kleinen Augen. Ich stocherte im Kamin, um die Glut noch einmal zu entfachen, und setzte meine Rede fort. Ich sprach von der Ausplünderung der inneren Bilder durch die äußeren, und von der Täuschung, die jeder Film von vornehrein sei, jeder. Die Leute glaubten doch, sie lernten durch Film die Welt kennen. Das Kaminfeuer kam wieder in Gang. »Ein kleines, grünes Männchen!« sagte Christoph.

»Genau!« bestätigte ich. »Eine Chimäre, ein Garnichts. Im Grunde erfahren die Leute nichts aus Filmen, leben aber trotzdem danach!«

Er widersprach nicht. Das Feuer brannte jetzt ordentlich. »Durch Film«, sagte ich, »werden sie zu kleinen grünen Männchen reduziert!«

Keine Antwort, ich hörte auf zu stochern und wandte mich um. Er schreckte hoch. »Du sprichst meine Texte«, murmelte er. »Was meinst *du* denn eben mit dem ›grünen Männchen‹?« fragte ich. »Grünes Männchen? Kann mich nicht erinnern!« – »Das sagtest du aber!«

»Grünes Männchen, – wann soll ich das gesagt haben?«

Nach einem kurzen Wortwechsel darüber, ob er es gesagt habe oder nicht, sahen wir unsere Schlafenszeit gekommen.

Mit den einen kann man reden, mit den anderen arbeiten. Mit Christoph zu arbeiten ist eine Freude. Alles was er kann und hat, geht in die Arbeit – Kühnheit, Radikalismus und Profiweisheit. Zuhören darf man ihm nicht. Ebensowenig wie mir.

Christoph beim Frühstück: die Höllentalbahn im Schwarzwald hat er noch als Dampfbahn mit zwei Lokomotiven erlebt, einer vorn und einer hinten. Den Kindern habe man damals erklärt, die vordere rufe: »Ich schaff' es nicht den Berg hinuff, ich schaff' es nicht den Berg hinuff!«, worauf die hintere im Takt zurückschnaube: »Halt' Gosch du Aff, ich helf dir doch!«

Die Kellnerin im Krug zu Seelze, jetzt ist es heraus, ist Indianerin! Sie ist eine Cherokee aus Neu-Mexiko.

Ausgerechnet von ihr erfahre ich, daß in Seelze der deutsche Michel – »Mickel« sagt sie – gestorben sei. Ich lausche bestürzt. »Wann?« frage ich. Sie zeigt mir im Nebenzimmer einen Schaukasten, in dem Überbleibsel an die Zeit des deutschen Michel erinnern, von dem ich nie gewußt habe, daß es ihn gegeben und daß er sich Seelze ausgesucht hat, um zu sterben. »Er war ›cavalry‹!« erklärt die Indianerin und macht Reitbewegungen. Der Wirt bestätigt: Michel Elias von Obentraut, genannt der deutsche Michel, Reiteroberst im Dreißigjährigen Krieg. Die Steinpyramide – »Abendrots Turm« – sei sein Denkmal. Hier im Krug habe er auf den Tod gelegen, Tilly habe ihn hier besucht. Er sei der wirkliche deutsche Michel – den mit der Zipfelmütze habe es nie gegeben. Gerade an den habe ich mich aber bisher gehalten – irgendwie beunruhigend ist das schon!

Dr. T.
Bei ihm traf ich mit blaugeflecktem Hemd ein – in Altenhundem im Sauerland etwas Seltenes. Zuvor hatte ich ihn angerufen. Ich hörte seine Stimme, aber er nicht die meinige, der Apparat war kaputt. »Ungezogenheit!« sagte er tadelnd mit leiser Stimme und legte auf. Aber beim näch-

sten Mal kam das Gespräch zustande, und ich sagte mich an.

Er ist neunzig Jahre alt, Diplomat a. D. und ein leidenschaftlicher Mensch. Er liest immer noch drei Zeitungen pro Tag, mit dem Vergrößerungsglas. Er lacht selten, merkt sich aber komische Sachen. Etwa, daß der Pressesprecher des Verteidigungsministers neulich einen Verdienstorden als »Gebamsel« bezeichnet habe. Die Verdienten hätten sich dagegen in einer Weise verwahrt, gegen die sich wieder die Unverdienten verwahrten, ein großes Verwahrsel.

Er geht gern spazieren und analysiert dabei die deutsche Außenpolitik. Mein System des unsystematischen Reisens brachte ihn zu der Frage, was eine Entscheidung eigentlich sei. Ich weiß nicht mehr, was er sagte, aber der Zufall ist jedenfalls keine. Er ist noch gut zu Fuß, wir gingen auf einen respektablen Hügel hinauf. Der Herbst ist eine Zeit für Gedankengänge und Gartenwege. Auf der Spitze des Hügels sah Dr. T. aufmerksam in mein Gesicht und erkannte darin meinen Vater. Man findet das viel bei alten Leuten: sie schauen dich an und meinen die Generation vor dir. Plötzlich ist man der Sohn seines Großvaters. Wir gingen wieder zu Tal. Als ich sagte, bis 1960 habe es noch die ältere Welt gegeben, blieb er stehen und blickte mich belustigt an: »Bis 1914, kein Jahr länger!« Zu Dr. T. fallen mir Wörter ein wie »fein«, »artig«, »unterhaltsam«. Glatt ist er nicht, er stürzt sich begeistert auf jede mögliche Meinungsverschiedenheit. Seine einzige Leidenschaft sind nicht Pferde, nicht Sprachen, nicht die Natur, sondern der Patriotismus. Da ich davon nicht viel besitze, wollte ich mehr darüber wissen.

»Die Leidenschaft, meinem Land zu dienen, erfaßte mich«, erzählt er über einen schwierigen Auftrag, »ich ging zum Reichskanzler und nahm den Posten an!« Es sei wie eine Glut gewesen, die ihn immun gemacht und seine Kräfte verdoppelt habe. Nicht mehr um ihn selbst sei es gegangen, sondern um das Vaterland. »Ich kenne dieses Gefühl ein bißchen«, sagte ich vorlaut, »vom Film her!« – »Ja, Sie kennen es nur noch aus Filmen«, sagte er, barg das Gesicht und weinte.

Wie sollte ich das Mißverständnis aufklären? Ich merkte dann, daß es vielleicht gar keines war. Mitweinen konnte ich auch nicht, ratlos saß ich ihm gegenüber.

Später fragte ich, welche Grenzen der Beamtenstand auferlege, man könne doch als Diplomat nie, wie man wolle.

»Einer, der ständig seinen eigenen Weg geht, ist ein Ärgernis.« Den Satz schrieb ich mir auf. Und deshalb mußte ich auch den anderen notieren: »Sich seinen Mut immer für den klügsten Moment aufheben, heißt feige sein.« Der letztere hätte Dorothee gefallen, der erste eher Christoph. Dr. T. hat nach beiden Sätzen drei Viertel des Jahrhunderts gelebt und ist immer derselbe gewesen, man weiß es von ihm.

Er las mir noch aus dem Aufsatz eines Verwaltungschefs von Lennestadt vor. Altenhundem ist, zusammen mit fünfzig anderen Orten, zu einer neuen Stadt »Lennestadt« zusammengefaßt worden. Vom Abbruch funktionsuntüchtiger Altbauten ist die Rede und von funktionsgerechter Stadtkernbildung. Ich merke mir: »Die Identität der einzelnen Orte pflegen und erhalten und dabei die Integration der Stadt fördern – wir haben uns der Herausforderung gestellt!«

Die Wörter »Funktion« und »Herausforderung« betonte Dr. T. besonders. In seinem neunzigjährigen Gesicht leuchtete Verschmitztheit auf, wie vorhin beim »Gebamsel«.

»Wie leben Sie in Berlin?« fragte er zum Abschied.

»Wir haben uns gerade getrennt.«

Der alte Diplomat legte seine Hand auf die meine und sagte: »Ich weiß, was Zanken heißt. Leben Sie wohl!«

Dorothee

Bei ihr kam ich todmüde an, am hellen Vormittag nach maßloser Nachtfahrt. Spätabends hatte ich von Bonn aus versucht, Judith anzurufen. Besetzt, danach niemand mehr zu Hause. Träge hangelte ich mich von einem Zug zum anderen durch die Nacht. In Mainz hockte ich früh um vier im Warteraum, wo eine angetrunkene, schlimme alte Frau einem zarten Inder mit lauter Stimme erklärte, das deutsche Volk wolle jetzt nichts mehr geben, das Geld ginge ja nur immer für die heiligen Kühe drauf. Ich kauerte trübselig daneben und fürchtete mich, als sie mich zur Zustimmung aufforderte. Zwischendurch dachte ich, ohne Judith sei ich wie ein Ballon, dem zuviel vom Inhalt fehlte. Der Rest kann das Sinken nicht mehr verhindern, und irgendwann sinkt er bestimmt. Selbstmitleid und Ballon, das paßt zusammen. Morgens in Frankfurt blinzelte ich ins grelle Licht und erschrak vor der Energie der Menschen. Sie verlangten Entscheidungen und Logik von mir, drängten und stießen mich, wandten sich unwirsch ab, als ich über die Zusammensetzung meines Frühstücks nachdachte. Ich war behindert, ein Hemmschuh, ein Schicksalsschlag für jeden, der mit mir zu tun hatte.

In Marburg rief ich Dorothee an und bat, in ihrer Wohnung schlafen zu dürfen, bis sie von der Arbeit nach Hause käme. Sie gestattete es, ich holte mir den Schlüssel bei ihr ab, mit letzter Anstrengung und verbissener Fröhlichkeit.

Dorothee ist Historikerin, sie saß mit mir im gleichen Berliner Schulpraktischen Seminar. Sie hat große Augen und eine leicht gebogene Nase. Gern gibt sie sich einem uneigennützigen Zorn hin (dann beben ihre Nasenflügel). Sie könnte unmittelbar aus dem ausgehenden 18. Jahrhundert stammen, sie verkörpert den Geist der Aufklärung. Bei ihr erholte ich mich vom Geist des Referendardienstes. Gegen alles, was zur selbstverschuldeten Unmündigkeit der Menschheit beiträgt, ficht sie eine gefürchtete Klinge. Als ein junger Studienrat erklärte, Unterrichten sei nichts anderes als aus Scheiße Bratkartoffeln machen – er war sehr stolz auf diese Weisheit und brachte sie immer wieder behäbig zu Gehör –, da bemerkte sie eisig in die Stille hinein, ihres Wissens könne man Bratkartoffeln auch aus Kartoffeln machen. Von dem Kollegen wurde Launiges längere Zeit nicht mehr gehört. Ein andermal, als bei einem Treffen gruppendynamischen Inhalts eine verwundete Seele mit leicht zitternder Stimme sich offenbart hatte, sagte sie leichthin, aber eine Winzigkeit zu laut: »Er ist ja so verletzlich!« Pause. »Der arme Menschenfresser.« Sie verabscheut gruppendynamische Bedeutsamkeit, schwermütiges Gehabe ist ihr ein Greuel. Vergebens bestürmte man sie immer wieder, nicht von sich auf andere zu schließen, ja man verdächtigte ihre Haltung als eine Folge schwerwiegender Verdrängungen. Sie hörte höflich zu und steuerte dann so schnell wie möglich zu einem sachlichen Thema zurück, um ihrer Langeweile Herr zu werden. In Weinlaune spottete sie gern über die anbiedernde Fürsorglichkeit der selbsternannten Analytiker: »Du, hast du schon einmal darüber nachgedacht, warum du das tust? Du, das ist sehr wichtig. Du, ich will dir da bloß'n bißchen helfen.«

Sie wohnt erst neuerdings in Marburg, nachdem sie die Schule verlassen hat. Ihre Begabung für den Lehrerberuf war in der Tat nicht groß. Sie ist auf eine abweisende Art erwachsen, sie behandelte auch Schüler als Erwachsene, und das konnte nicht gut gehen, denn weder sind Schüler das gewöhnt, noch sind sie erwachsen.

Sie schreibt seit Jahren an einem dicken Buch über Indogermanen und Matriarchat und verdient ihr Leben jetzt als Geschäftsführerin eines Verbandes. Sie forscht, verwaltet, verhandelt, kleidet sich teuer. Männer besiegt oder gewinnt sie, oder beides. Kann man leben, ohne sich ab und zu bei jemandem einzukuscheln? Sie kann, – oder sie hat irgendwo doch ein oder mehrere Kuschelbetten stehen.

Ich beschäftigte mich mit ihrem Plattenspieler und wechselte den Saphir aus. »Sehr gut!« sagte sie fröhlich. »Ich dachte schon, es liege an meinem Gehör.«

Wir sprachen so viel. Den Papst lehnt sie ab. Dagegen freut sie sich darüber, daß Deutschland ein Einwanderungsland geworden ist. Jahrhundertelang seien die Menschen von hier nur immer davongelaufen – und mit Recht!

Geschichte sei wichtig, weil sie eben doch die Wahrheit beweise. Wenn wir diesen Glauben aufgäben, verlören wir den Grund für Genauigkeit. Außerdem seien andere Beweise noch schlechter. Von der Wahrheit kamen wir aufs Fernsehen. Es müsse doch möglich sein, einen Film zu machen, der die offenen Fragen gewissenhaft offenlasse. »Nein«, sagte ich, »Film ist Manipulation, wer es leugnet, macht schlechte Filme.« Sofort schämte ich mich, denn: das hatte ich von Christoph.

Zu angemessener Zeit wollte ich mich zurückziehen. Ich hatte mit Dorothee noch nie das Bett geteilt, vielleicht aus einer kleinen Furcht vor dem Matriarchat oder davor, daß wir uns danach nicht mehr so gut kennen und mögen würden. Aber aus meinem Rückzug wurde nichts. »Nichts da, hiergeblieben!« gebot sie, ein Ausspruch, der kaum ins 18. Jahrhundert paßte, oder doch: in die Wirren der Revolution! In diesen Wirren befand ich mich im Nu. Nein zu sagen, bekommt einer als Mann nicht beigebracht, können sollte man es vielleicht. Hier nämlich war ich sicher: Dorothee wollte von mir nicht mehr als diese Nacht, sie beherbergte mich nur, weil sie von mir das gleiche dachte. Gerade jetzt wurde mir klar, daß ich eine Freundin suchte und zur Liebe bereit war. Oder sein wollte. Jedenfalls ist dieser Zustand gefährlich, denn sofort erscheinen raubvogelartig sehr souveräne Damen und versorgen sich mit kühner Hand. Das geschah mir flügellahmem Raubvogel recht. Ich war viel zu kleinmütig, um Dorothee wirklich zu erobern. Ich glaube übrigens nicht, daß sie irgend etwas verdrängt. Sie war nicht minder entschlossen als die unvergessene Lehrerin in Tübingen, aber sie sprach viel dabei, sie lobte, gab Hinweise, erzählte Entlegenes, sogar über das Matriarchat. Es fiel mir am Morgen schwer, einfach abzureisen, aber ich konnte doch auch nichts anderes tun, daran blieb kein Zweifel, und das war gut. Lange noch werden wir uns kennen und mögen, und sie bleibt ein Vorbild.

Einige Besuche kamen nicht zustande. Vorbilder sind nur begrenzt verfügbar. Da gibt es einen Dozenten in Bochum, der oft im Fernsehen erscheint, ich kenne ihn kaum mehr als flüchtig aus der Tübinger Zeit. Am Telefon ist er knapp und spröde, um sich vor neuen Kontakten oder der Wiederaufnahme älterer zu schützen. Sein Terminkalender ist wie eine offene Wunde. Wenn jetzt noch eine einzige Eintragung dazukommen würde, so verstand ich ihn, dann sei ihm der Lebensodem abgeschnürt. Vielleicht hatte er gemerkt, daß ich ihn bereits über Haustelefon anrief. Nicht einmal meinen geordneten Rückzug wollte er sich anhören, er war wie jemand, der einen Heiratsantrag ablehnt, weil er dringend hinaus muß. Ein Rundblick sagte mir: wer an dieser Uni lehrt und lebt, muß so werden.

Dr. P. in Uslar wollte ich besuchen, schon weil ich seine Frau seit fünfzehn Jahren – liebhabe, so ist es richtig bezeichnet. Aber er war gerade als ehrenamtlicher Pistenarzt bei einem Autorennen in Höxter, und sie war mitgefahren.

Lehrer V.
Als ich ankam, war ich unrasiert. Ich hatte bei Dorothee den neuen Naßrasierer liegengelassen – ein Zeichen für

tiefe Selbstzweifel. Auch waren meine Haare verstrubbelt, denn ich hatte den Schädel zum Fenster hinaus gehalten und mein Mütchen, das nicht vorhandene, zu kühlen versucht. »Machen Sie sich nichts daraus«, sagte Lehrer V.'s Frau, »wenigstens tragen Sie keinen Schnauzbart. Studienassessoren sehen heute aus wie die Schmuggler.« Die V.'s wußten noch nichts von meinem Examensfiasko, so erfuhren sie es jetzt.

Lehrer V.'s Ältester ist fünf. Er versuchte meine Frisur zu ordnen, pustete mir ins Ohr und fragte unvermittelt: »Wie groß ist euer kleinstes Zimmer?« – »Wieso ›euer‹?« fragte ich. »Ich bin ja allein.« – »Das macht gar nichts!« entschied der Erstgeborene.

»Falsch!« sagte Lehrer V., als ich über mich berichtet hatte. »Die Schule wäre schon das Richtige gewesen, aber Ihre Ausbildung war verkehrt.« Er ist fünfzig, hat erst 1974 geheiratet. Sein Gesicht ist mager, mit scharfen Falten um den Mund und seltsam treuherzigen Augen. Wenn er lacht, sieht er spitzbübisch aus. Das machen die großen weißen Zähne, die alle Spitzbuben haben. Er läßt sie aufblitzen, wenn er Worte wie »Motivation« oder »Impuls« oder »Blickkontakt« hört. Durch seine Zustimmung ermuntert, rekonstruierte ich die Schrecken der Didaktik, sprach über »positive Verstärkungen«, »Einstiegsphasen« und »Problemlösungsverhalten«, redete mich in Eifer, legte die Lanze ein und ritt gegen Lernzieloperationalisierung, Gruppenarbeitsphasen und Tonbanddarbietungen mit altersstufengemäßer intuitiver Problembewältigung an. Schließlich malte ich die Keule des Notendrucks an die Wand, mit der allein die Schüler bei so viel Unsinn noch in ihrer Rolle zu halten seien. Der Geist, der Reiz der Sache entschwinde am Horizont und gehe unter. Tiefe Nacht. Ende!

Lehrer V. lauschte meiner Rede gebannt, grinste dann mit seinen grimmig fröhlichen Zähnen und bemerkte, der Vortrag sei etwas lehrerzentriert gewesen, auch fehle die

Ergebniskontrolle am Schluß. Der Blickkontakt sei hingegen gut und müsse positiv verstärkt werden, weshalb er jetzt eine Flasche Veuve Cliquot zu entkorken dächte.

»Es lebe die Schule!« sprach er und hob das Glas.

»In Niedersachsen?« fragte ich.

»Überall, wo die Hohepriester gerade den Rücken kehren!«

Ich erzählte dann von der Eisenbahn. Er wußte noch, was die Dampflokomotiven der Schlesischen Eisenbahnen einst gezischt haben: »Kummt'r Leute, schiebt a bissel!« Ich revanchierte mich mit: »Ich schaff' es nicht den Berg hinuff!«, und der kleine Sohn kletterte geraume Zeit auf uns herum, wollte beides immer wieder hören und schlug Purzelbäume vor Begeisterung.

Geschichte ist für Lehrer V. ein Berg mit vielen Höhlen, Stollen und Schichten, dem wir erst allmählich immer mehr angehören, je mehr wir auf ein eigenes Leben zurückblicken können. »Also nur für Erwachsene?« fragte ich. »Ja«, sagte er. Etwas später begann er aber wieder daran zu zweifeln.

Zehn Tage lang Reisen und Sprechen. Viele Sätze notierte ich mir doch, sozusagen hinter meinem eigenen Rücken, weil ich ja auf das Schreiben hatte verzichten wollen.

»Wir sind eine Abstauberkultur. Jeder nimmt noch schnell was mit.« (Diktum Dorothees)

»Ohne Wissenschaft zu leben ist der Tod, und ein elendes Grab für die Menschen.« (Angeblich Siger von Brabant, jedenfalls aber Lehrer V.)

»Heuchelei ist immerhin eine Verbeugung vor der Moral.« (Dr. T.)

»Erdferkel sollen sich gegen die Hyänen ziemlich gut wehren können.« (Sabine)

»Film ist ein Prozent Inspiration und neunundneunzig Prozent Perfektion« (Christoph) und: »Man kriegt zu wenig Schlaf bei dem Job.«

»Die Gewohnheit, eine Sache bis zum Ende durchzuhalten, verjagt die Angst.« (Dr. T. oder Baudelaire)

»Man kann ruhig auch etwas Falsches anfangen. Wenn man behutsam weitermacht, kann man es steuern, und es wird richtig.« (Lehrer V.)

So viele Vorbilder, so viele Sätze. Könnte ich, was man mir sagt, doch in Leben umsetzen. Ich nähme mir selbst an Erdferkeln ein Beispiel. Aber da fehlt es, und Sätze schaffen es auch nicht. Zu zitieren wäre noch:

»Was wolltest du eigentlich von mir, du willst doch immer etwas?« (Dorothee)

»Hattest du ein Projekt oder so . . .?« (Christoph)

»Schön, daß wir jetzt Ihre Adresse haben!« (Lehrer V.)

»Schreiben Sie ruhig, daß ich Adenauer ebenso bewundert wie verabscheut habe – ich nehme ja an, Sie schreiben?« (Dr. T.)

Es ist alles eine Frage der Dauer, sagt Sabine. Eben, damit bin ich wieder am Anfang.

Der kleine Sohn des Lehrers V. pustete mir beim Abschied ins Ohr und rief strahlend: »Halt' d' Gosch, du Aff, ich helf dir doch!« Für eine Weile half es.

Gespräche mit ausgesuchten Leuten sind es also auch nicht, die mir helfen. Es ist wie im Fernsehen, da hilft es auch nie. Es gibt jetzt drei Möglichkeiten: entweder steht die Katastrophe bevor, oder es geht alles so weiter wie bisher. Oder es kommt Heilung: a) von innen oder b) von außen.

Zunächst geht alles so weiter.

Morgens Abfahrt aus Seelze mit dem Arbeiterzug um 6.14 Uhr. Zwei Tage bin ich nicht gereist, saß nur und schrieb. Mit der Indianerin lief gar nichts. Sie hat nur ihren Verlobten im Kopf. Ein Deutscher. Sie lebt mit ihm in einem Hausboot auf der Leine. Sie ist ihm von Übersee aus bis nach Seelze gefolgt, um ihn von sich zu überzeugen. Da könnte nicht einmal ich etwas ausrichten.

Geh nicht unter, Cherokee! Ruhe in Frieden, deutscher Michel!

10. Von Bayern nach Übersee

Die Erkenntnisse, die ich, auf mich allein gestellt, gewonnen habe, sind auch nicht ganz unwichtig: daß viele Rucksäcke einen Zug mehr verstopfen als viele Koffer. Daß zwischen Frauen und Männern ein Unterschied in der Art besteht, wie sie sich nach einem Zug erkundigen. Männer fragen: »Wissen Sie, ob dieser Zug in Baden-Baden hält?« Frauen fragen: »Fahren Sie auch nach Baden-Baden?« Oder daß einer, der einen Stielkamm in der Gesäßtasche hat, immer unter zwanzig ist. Daß ich, wenn ich ein Markstück gefunden habe, eine halbe Stunde den Blick nicht vom Boden wegbekomme. Daß die meisten Menschen sich wenig aus Geld machen, genau wie ich. Oder Beobachtungen zum Wandel der Zeit: daß ältere Menschen ihre Koffer neuerdings an Schnürchen hinter sich herziehen. Daß Eilzüge jetzt wieder eilen, nachdem sie das, soweit meine Erinnerung reicht, nie getan haben.

Oder praktische Winke und Kniffe: daß man mit einer Netzkarte Gebühren spart, weil man alle Leute per Ortsgespräch oder Hausapparat anrufen und ihnen Briefe und Päckchen notfalls selbst überreichen kann. Daß Menschen sich für volle Eisenbahnzüge besonders eignen, weil sie raumsparend auf zwei Beinen angeordnet und der Sprache mächtig sind. Oder: Alleinsein hat den Vorteil, daß man unter die Leute kommt. Oder: Im Klo des Bahnhofsrestaurants von Bielefeld spielt verträumte Musik, bei mir war es Karel Gott (das gehört mehr in die Rubrik »vor Ort«). Meine eigene Ausbeute ist beachtlich, es fehlt nur das Richtungweisende.

Ich steige kaum mehr aus, denn ich bin ja überall schon gewesen. Pausenlos reise ich, auch schlafend. Nur noch selten schreibe ich etwas auf. Seit Seelze sind wieder Wochen vergangen. Der Herbst wird zum Flächenbrand. Wenn die Sonne herauskommt, lodert es überall. Aber es regnet viel, die braunen Blätter zittern unter den Tropfen, ab und zu fällt eines. Es ist nicht mehr so nötig, Judith anzurufen oder mich auf Gespräche mit ihr vorzubereiten. Ich bin jetzt darauf eingestellt, Zeit vergehen zu lassen und auf ein Wunder zu warten. Wer das tut, verhält sich friedlich und bleibt doch wach genug, um nichts zu verpassen.

Meine Kursbuchkünste sind jetzt perfekt. Interessante Frauen frage ich sofort: »Haben Sie vielleicht eine Frage zum Fahrplan? Ich schlage so gerne nach!« Eine fragte dann wirklich nach einer ganz verrückten Verbindung – für mich kein Problem! Eine weitere Verbindung oder eine engere wurde nicht daraus, aber ein Gespräch über alltägliche Themen. Sie fragte mich: »Glauben Sie mehr an den Atomtod oder mehr an eine Umweltkatastrophe? Oder einfach ans Verhungern wegen wirtschaftlicher Krisen?« – »Wissen Sie«, antwortete ich, »mit Entscheidungen habe ich meine Schwierigkeiten – ich kann mich einfach nicht festlegen.« Und ich erklärte ihr das Reisen mit der Netzkarte. Sie sagte, ihr sei es wichtig, daß sie nicht mehr lange leiden müsse.

Im Herbst sind die Menschen zart besaitet. Der Frühling macht heiter und etwas gierig, »Sommer« klingt nach Faulheit und Abenteuer, und wo Besitz ist, da ist der Winter nicht weit, oder umgekehrt. Im Herbst ist man einfühlsam. Bestimmt gibt es für jede Jahreszeit auch einen speziellen Größenwahn. Die Gasthäuser werden jetzt wieder leuchtend, das hängt mit dem frühen Einbruch der Dunkelheit zusammen. Der Schein der Schirmlampen fällt durch den Obstgarten bis auf die neblige Straße hinaus.

Das Kursbuch ist schneller aus dem Leim gegangen als das von 1976. Auch von den stabilen Kursbüchern der 70er Jahre heißt es Abschied nehmen – die konnte man noch jahrelang lesen! Notiz in Remagen: »Im Düstern ist gut Schmüstern, aber nit gut Flöh' fangen!« (Aufschrift auf einem Wandteller im Gasthaus)

Zwischen Bochum und Essen-Kray Süd kreuzt eine Karawane von Hochspannungsmasten, majestätisch wie Walfische. Wenn ich sagen sollte, was ich am liebsten wäre, würde ich antworten: ein Hochspannungsmast. Kein Mensch fragt mich.

Im Speisewagen sitze ich jetzt seltener. Mein Geld ist knapp, seit ich mir nach Ablauf der ersten gleich eine zweite Netzkarte gekauft habe und weitergefahren bin.

Letzter männlicher Gesprächspartner im Speisewagen: ein werdender leitender Angestellter aus Celle. Ich zeigte aus dem Fenster, wortlos, um auf die Scheußlichkeit eines Fabrikgebäudes hinzuweisen. Er verstand sofort, spreizte die Finger beider Hände gegeneinander wie ein Psychiater im Film und antwortete: »So dürfen Sie nicht denken, das sind alles Arbeitsplätze!« Den Rest der Mahlzeit sprachen wir über Toyota.

In München wollte ich U-Bahn fahren und studierte die aushängenden Pläne und Hinweise. Stirnrunzelnd stand neben mir einer und tat dasselbe. »Für ältere Leute«, sagte ich vorsichtig, »muß es schwer sein, sich hier durchzufinden!« Er sah mich erschreckt an: »Dabei bin ich erst vierzig!« raunte er. Er gab dann auf und fuhr schwarz.

Die Ausbeute der Reise wird geringer. Ich notiere mir aber immer noch wohlklingende Ortsnamen, wie »Sterbfritz« oder »Wevelsfleeth«.

Friedberg: am Zaun steht »Hier Zugschluß«. Ich lese es aber direkt aus einem Waggon in der Mitte des Zuges.

Bad Nauheim: hier gibt es einen »Ausgang während der Nachtruhe«, den ich sofort mit Träumen oder Schlafwandeln in Verbindung bringe.

Saarbrücken: nichts auf der Welt könnte mich dazu bringen, ein rotkariertes Pepitahütchen aufzusetzen.

Unna: Don Quichote würde heute nicht gegen Windmühlen anrennen, sondern gegen Baukräne. In Unna würde er einer Übermacht erliegen.

Ich habe wieder Sehnsucht nach dem Autofahren. Am

Steuer hat man zwar die Hände nicht frei, kann aber lauthals ›Porgy und Bess‹ singen.

Übersee: da ist es ja. Mein berühmtes Übersee! Ich könnte von Bayern nach Übersee wandern. Kalauer, die man verwirklicht, erweitern den Erfahrungskreis. Zu spät, der Zug fährt schon wieder an.

Wieso zu spät? In Bergen gibt es ein »Fahrrad am Bahnhof«. Ich könnte von Bergen nach dem Dörfchen Bayern radeln und von dort nach dem Großdorf Übersee wandern.

Ich muß es tun, denn ich brauche notwendig eine kurze Antwort auf die Frage, was ich während der sechs Wochen getan habe. Von Bayern nach Übersee und zurück, ist das nichts?

Bergen: ich bekomme ein intaktes Damenfahrrad, welches ich an der Voralpenkette entlang lenke. Fünf oder sechs Höfe mit Silos und Rosenbalkonen: Bayern. Ich schließe mein Rad an und sehe mich um. Ein Kind auf einem Dreirad. Ein mißtrauischer Hund hinter dem Zaun, die Nase kraus ziehend. Weidende Haflinger auf der Hangwiese. Aus der Wanderkarte sehe ich: Der nächste Berg muß »Engelstein« heißen und einige Felsen haben, von hier ist aber noch nichts sichtbar.

Auf den Wiesen stehen einsame Heumaschinen und recken ihre Blechhälse in die Luft wie erstarrte Saurier.

Neben einem der Ställe brennt ein Feuer, und davor wandern im Rauch fünf Kühe auf und ab, unruhig die Köpfe werfend. Mit solchen Bildern würde ich einen Katastrophenfilm anfangen lassen. Ich marschiere los.

Da ich zum Schreiben stehenbleiben muß, kommt keine rechte Geschwindigkeit auf. Schreiben behindert. Stets hat man nur eine Hand frei, um Zweige wegzubiegen oder den Biß des Marders abzuwehren. Dafür kann ich aber das Heft als Schutz verwenden, um Stachelzäune niederzudrücken und Verletzungen zu vermeiden. Nach zweihundert Metern ist Bayern nur noch eine Versammlung von hellen Eternit-Westseiten, Obstbäumen und elektrischen Leitungen. Darüber sehe ich jetzt den Engelstein, einen Nadelfelsen. Nun ja, was in den lieben bayerischen Alpen eben »Nadel« heißt. Trüge er eine Zwiebelhaube, dann wäre er ein Steinpilz.

Um nach Übersee zu kommen, muß ich am Osterbuchberg vorbei, einer barock geschwungenen Kuppe, welche die Gletscher ungeschoren gelassen haben. Über mir kreist ein Flugzeug in der Abendsonne. Ich beneide den Piloten. Vielleicht beneidet aber auch er mich.

Wenn mitten in baumloser Ebene plötzlich ein dringendes Bedürfnis auftritt, zu dessen Befriedigung üblicherweise Bäume aufgesucht werden – über mir immer noch der Flieger! –, dann wird die Landschaft zur Großlandschaft, der Blick strategisch, Entfernungen und Marschleistungen werden blitzschnell gegeneinander abgewogen. Eilends gelange ich zu einer Bachbrücke mit drei Eichen und verbringe nicht viel Zeit damit, mich für eine zu entscheiden. Wozu eigentlich immer ein Baum?

Der Blick wird milder, die Landschaft wieder zur Kleinlandschaft. Ich bin erleichtert und bereit, die Schätze der Natur zu studieren, auf die ich ohnehin gerade schaue. Schierlingspflanzen, Glockenblumen. Irgend etwas, was wohl »Knabenkraut« heißt. Grillen zirpen, Kohlweißlinge flattern. Als Rentner würde ich tausend Pflanzen und Insekten auswendig lernen, um sie auf meinen Spaziergängen wiederzuerkennen: den wilden Zupfzauserich, den bedecktsamigen Flimmerfussel, den gemeinen Stechzwickling, ferner auch alle Käfer vom eiligen Kopfnicker bis zum glänzenden Torkler und Vögel wie den Rohrschwirl und andere Maulbrüter.

»Vati, Vati!« höre ich hinter mir. Unverdrossen weiterschreibend fahre ich herum. Vater und Sohn krabbeln an einem Gebüsch herum und bergen – das Flugzeug! Ein Modell, was sonst. Einige hundert Meter weiter liegt ein Modellflugplatz mit Mast und Luftsack.

Ich biege nach links in die Wiesen und gehe am Bach entlang durchs Schilf. Drei Kühe kommen nickend und schaukelnd, um ein Auge voll von mir zu nehmen. Sie bringen eine überaus aggressive Sorte Stechfliegen mit, zappelnd schlage ich um mich – ein ernstes Schreibhindernis! Das Wort »Stechfliegen« liest sich wie »Fleckfieber« und dieses wieder wie »Heckspoiler«. Nichts wie weg hier!

Wie komme ich über den Bach? Ohne nasse Füße scheint es auf dem Weg nach Übersee nicht abzugehen.

Vor fünfzehn Jahren biß mich in einem Moor eine Kreuzotter. Alle Mädchen, denen ich das im Lauf meines weiteren Lebens erzählte, machten »iih!«, nur eine sagte: »Gott, ist das schön!«. Sie identifizierte sich wohl mehr mit der Schlange.

Wozu der Lärm, da ist eine bequeme Brücke!

Letzte Mückenschwärme gegen untergehende Sonne.

Jetzt wandere ich direkt am Hang des Osterbuchbergs entlang. Auf halber Höhe lagern Rinder auf einer Kuppe und blicken denkmalsähnlich über das Land hin. Die Szene erinnert mich an den Mount Rushmore in den USA, wie ich ihn von Hitchcock her kenne.

Hinter mir sind jetzt die ganz hohen Berge aufgetaucht: Hochfelln und Hochgern. Der Engelstein nimmt sich unter ihnen aus wie eine Hügelkirche.

Der Weg führt zwischen zwei kleinen Seen durch. Drei Jungen angeln hier, im Eimer schwimmt bereits ein etwa daumengroßer Fisch. Um dies festzustellen, sehe ich hinein, um es dann zu notieren. Die Jungen nähern sich und machen geltend, wenn ich in ihren Eimer sähe, dürften sie auch lesen, was ich da schriebe. Ich zeige ihnen also: »... im Eimer schwimmt bereits ein etwa daumengroßer Fisch.« Der älteste fragt: »Spinna tust net, gell?« Er meint es nicht bös oder frech, es ist eine wirkliche Frage, etwas hilflos und besorgt.

Die Schreibsucht war noch nie so stark. Bin im Wald.

Links ein Trimmdich-Pfad und drei Autos davor. Ich komme vor lauter Schreiben nicht vorwärts. An einem Volkslauf könnte ich nicht erfolgreich teilnehmen. Es sei denn, ich schriebe hinterher selbst den Bericht darüber und nennte die Gründe für Sieg und Niederlage.

Die Ache nähert sich, ein Gebirgsfluß aus Tirol. Ich gehe auf ihrem Uferdamm nach Norden. Die Sonne piekt untergehend noch ein wenig durch die Blätter. Links die Ache, rechts ein Kieswerk, über mir elektrische Leitungen. Auf einer Sandbank wird Feuer gemacht, gegrillt und gequietscht. Ein Tragerl Bier kühlt im Gebirgswasser. Jetzt führt eine schmale Brücke über den Fluß, »für Reiter verboten«. Wer immer hier zu Roß eintraf – die Hunnen, Attila, die Kassierer des Salzburger Bischofs –, alle mußten absteigen und ihr Pferd schieben.

Jetzt, beschließe ich, bin ich in der neuen Welt. Sie beginnt mit Bretterstapeln und lagernden Rundlingen, die sogar noch ausschlagen. Verstümmelt und auf gleiche Länge gebracht, liegen sie übereinander und spielen »Weide am Bach«.

Vergebens spähe ich nach dem Welthandelszentrum oder dem Empire State Building. Es drängt mich nach Auslandserfahrungen. Jenseits der Straße stoße ich auf eine Bahnlinie und gehe zwischen ihren Schienen weiter. Da ich eine Netzkarte habe, darf ich das. Ich vermeide nur, zwischen die Schwellen zu treten, denn das bringt Unglück.

Auch in Amerika gehen die Menschen immer die Gleise entlang, zumindest während größerer Weltwirtschaftskrisen.

Übersee: Kirchen, Häuschen, Rauchgeruch, abendliche Hunde bellen.

Ein Schild sagt: »Zur Anlage am Bach«. Was »Anlage« wohl alles sein kann? Das Plakat am Baum kündigt ein »Gästeschießen« an – dasselbe Problem!

Gasthof Jobst, weißblaue Tischtücher. Gasthof Hinterwirt, weißblaue Fahne. Ich kann mich nicht entscheiden. Ich gehe zurück, es wird dunkel.

Am Heck eines Autos sehe ich einen Aufkleber: »Ich komme aus Übersee! Aus Übersee in Oberbayern!« Ich lese es noch mehrmals. Das geschieht mir recht! Es gibt nichts Melancholischeres als einen Witzemacher, dem sein eigener Witz erzählt wird. Es gibt sowieso nichts Traurigeres als Witzemacher. Wenn es meinem Vater schlecht ging, dann erzählte er Witze. Zuletzt kalauerte er nur noch. Originell müssen Kalauer nicht sein, sie sind ohnehin näher beim Weinen als beim Lachen.

Mir ist, als ob mein Vater zu mir spräche: »Von Bayern nach Übersee? Wirklich sehr komisch! Ach so, gewandert, selber, zu Fuß? Komisch.«

Ich bin jetzt älter als mein Vater zu der Zeit, als er aus dem Krieg zurückkam. Es wird dunkel. Abmarsch!

Hoch droben am Himmel, die neue Welt überquerend und über Bayern weiterziehend, leuchtet ein Satellit. Ich weiß: der ist es! Ihn hatte ich vergessen, auf ihn gewartet und nach ihm gesucht, ohne es zu ahnen. Jetzt weiß ich nicht ein noch aus. So schnell geht das! Er ist schon wieder am Horizont.

Ein Satellit, und alles ist anders. Schnitt. Aus.

Zwei Stunden später.

Die Füße sind naß, ich fand auf dem Rückweg den Steg über den Bach nicht mehr. Seit etwa einer Stunde liege ich auf der Bank bei der Hütte des Modellflugplatzes und weine.

Ich möchte wissen, was im Kopf passiert, wenn einer zu weinen anfängt. Es ist wie ein Zug, der so lange am Bahnsteig steht, bis ihn jeder für einen Teil der Station hält. Irgendwann, weil ein winziger Kontakt geschlossen ist, fängt er an sich zu bewegen. Keiner kann ihn aufhalten.

Ein armer Tropf, der Satellit, wie er da so allein herumzieht, immer kreisend, Abstand haltend und, von dem bißchen Start abgesehen, ziemlich geschichtslos. Weine ich über den Satelliten? Wenn überhaupt, dann über alle Satelliten dieser Welt, damit es sich lohnt. Aber der hat es nur ausgelöst.

Ich weine um meinen Vater.

Das Schreiben ist auf komische Weise erschwert. Das Licht würde ausreichen, aber meine Hände sind seltsam verbogen, wahrscheinlich eine Folge von Sauerstoffmangel, es hat irgend etwas mit Calcium zu tun.

Wer ohne nennenswertes Training ein bis zwei Stunden heult und dabei das Atmen vergißt, dem geht es merkwürdig. Es fängt mit Nasenkribbeln an, das Gesicht wird kalt, die Lippen ziehen sich zusammen, das Zwerchfell spielt verrückt, die Hände kehren sich zur Innenseite des Unterarms, wie, nehme ich an, bei grabenden Erdferkeln. Mit diesen Händen könnte ich über die Schollen watscheln nach Art eines Seehundes. Seehunde kriegen viel mit, können aber wegen der Gestalt ihrer Flossen nicht schreiben. So auch bei mir: »Seehundes« liest sich wie »Inkubus«, »Erdferkeln« wie »Entfesseln«, »Flossen« wie »Hoffen«.

Mein Vater war Techniker, ein technischer Fanatiker, aber doch zu sehr ein spielender Junge, um verbohrt zu sein. Nach der Währungsreform kaufte er vom Kopfgeld der Familie – auch von meinem, denn ich war zum Glück gerade geboren – die ersten Geräte! Er bastelte, rechnete, verhandelte. Irgendwann fuhr er grinsend mit dem ersten Auto vor, einem DKW, er hieß »Hänschen« und machte im Leerlauf »remplem«. Mein Vater glaubte an den Nutzen von allem, was noch schneller, noch höher, noch stärker war, an den Geist der Technik, oder an den menschlichen Geist in der Technik. Er glaubte an die Versöhnung der Völker durch Rundfunk-Reichweiten, an Frieden durch Lebensstandard, an Amerika und den Segen neuer Düngemittel. Hätte er technischer Zeichner bleiben, Patente grundsätzlich nicht anmelden, Kredite aus Prinzip nicht aufnehmen sollen?

Er erklärte mir, warum ein Flugzeug fliegt, wie die Wellen im Radio aufgefangen werden, was ein Kompressor ist, wie James Watt die Dampfmaschine und Henry Ford das Fließband erfunden hat. Ein Eisenbahn-Narr war er nicht, er schenkte mir auch nie eine. Ich bekam Autos: zum Aufziehen und elektrisch, selbstlenkend und ferngelenkt. Mein Lieblingsauto hieß »Gama« oder »Gamma«, es blieb an der Tischkante zuverlässig stehen, drehte dann um und schlug einen anderen Weg ein.

Als ich noch im Volksschulalter war, machten mein Vater und ich ausgedehnte Abendspaziergänge. Heumandl rechts und links, am Himmel die Kondensstreifen von Düsenjägern, untergehende Sonne, versteckte Wärme zwischen Vater und Sohn. 1957 oder 1958 standen wir auf einer Anhöhe über dem Starnberger See und hielten Ausschau nach dem Sputnik. Zwischen meinem Vater und dieser kreisenden Maschine war, während er über Technisches und Physikalisches, über Politik und den Charakter »des« Russen sprach, eine Art wortloser Liebe. Im Grunde war ihm nur wichtig, daß Menschen so etwas vollbringen konnten. Irgendwie war es, sehr indirekt, auch ein Triumph für ihn selbst. Es war der letzte Abendspaziergang. Danach lange nichts Besonderes. Ich las Jörn Farrows U-Boot-Geschichten und die Hornblower-Romane. Er wurde ein Boss, und doch nicht Boss genug, um mit Leuten mitzuhalten, die weniger Herz und Würde besitzen als der letzte Kriminelle. Er schluckte Valium und entwickelte eine teigige Gelassenheit und Unbelehrbarkeit, mit der er nach wie vor die Idee des technischen Fortschritts und den Standpunkt vertrat, man könne aus der Geschichte etwas lernen. Ich studierte Geschichte, weil ich vom Gegenteil überzeugt war, wir stritten viel. Zu viel. 1975 die Kreditprobleme, der erste Herzinfarkt, die letzte Vorstandssitzung – das war schon 1976 – und der zweite Infarkt. Fällt um und ist tot.

Und ich? Ich kaufte die erste Netzkarte, um aus schwankenden Gefühlen herauszufinden, Träumen und Alpträumen. Mein Vater, Groß- und Urgroßvater, wie ein einziger Mann können sie scheinen, denn ihre Träume sind eins: Technik, den Völkern zu dienen, das geordnete Werkzeug, die Leistungen der Ingenieure. In Kupfer gestochen sehe ich geschnörkelte gußeiserne Maschinen, auf die meist ein Zuschauer (in Zylinder und Kniehosen) hindeutet. Oder es steht ein rechtschaffener Prolet, etwas untätig, weil wunderbar entlastet, daneben und hält einen der Hebel so selbstverständlich, als sei nichts.

Misch- und Melkmaschinen, Schwungräder mit Schlangenspeichen, Transmissionsriemen, lang gespannt durch Säle hindurch. Stattliche, hochbeinige Apparate, durch Tausende von Schraffierstrichen lieblich gerundet, anfassen will man sie und die Gefahr auskosten, man könne zwischen die Räder kommen. Der Traum von der besseren Vorsorge, vom guten Dach, von Haltbarkeit und exaktem Sägen, Winkelschneiden, Schmelzen, Härten, Destillieren, Galvanisieren. Man sagte: »Nichts ist unmöglich!« Das Pathos des Eingreifens in die Natur, es leuchtete auch aus dem alten chemisch-technischen Lexikon auf Vaters Schreibtisch, erschienen zu Wien, Pest und Leipzig vor gut hundert Jahren: Geräte, die Erde aufzureißen, Mischungsverhältnisse (»Im Mörser fein zerstoßen und dann mit drei Theilen x und zwei Theilen y...«). Farben. Medizinen. Caoutchouk und Gutta Percha (»eine Masse, die bei 50° ungemein bildsam wird«), sechsundsiebzig Artikel über »Violett«, andere über Filterpressen, Knallgasgebläse, Optiken.

Am Schluß saß er abends nur noch vor dem Fernseher, der große Mann, lustlos. Die Dampfmaschine, den Ottomotor hatte er gebaut, den Röntgenapparat, das Malteserkreuz. Alle hatten etwas erfunden: der Apotheker in

Königshofen, der Barbier in Uelzen, der Stellmacher in Jerxheim, die Uhrmacher in Wien, Pest und Leipzig. Sie griffen zum Zirkel, schufen Technik, Industrie, von »industria«, dem Fleiß. Sie bejubelten alles, was schnell war. Triebwerke baute er, der große Mann, die Antennen, Flug- und Startbahnen, die Pille, das binäre System, schnelle Brüter, Halbleiter, leitende Angestellte, verlor den ersten Kredit, verliert alle Kredite, fällt um und ist tot. Jetzt stehen wir da und sagen: »Es ist alles unmöglich.«

Das gibt es ja, daß jemandes Zeit vorbei ist, aber zu schnell ist es gegangen! Die Enkel und Urenkel müssen sehen, daß einiges wieder langsamer wird und anderes gerechter, das ist viel Arbeit. Sonst bleiben nur Medien, Langeweile und eine neue Bombe. Eben diese Aussicht machte ja den großen Mann irre, sonst wäre er nicht gar so schnell tot gewesen.

Das Fahrrad muß wieder zum Bahnhof. Ich werde dort übernachten und morgen nach Berlin zurückfahren. Selbstbetrachtungen sind nur gut, wenn sie hin und wieder ein Ende haben. Jetzt möchte ich herauskriegen, was es auf sich hat mit Elektronik, Gold, Öl, Atomstrom, Dollars und Wettrüsten. Ich möchte sehen, ob wirklich alles zu spät ist und wer das sagt. Ich wüßte auch gern, was der Rohrschwirl wirklich für ein Vogel ist und warum er ausstirbt. Ins Puff gehe ich nicht, diese Erfahrung kann ich weiterhin entbehren. Einer Gruppe schließe ich mich auch nicht an, außer wenn es sein muß. Aber ich gehe hin zu den Leuten und sage: also paßt mal auf, ich weiß gar nichts – wißt ihr mehr? Einen Hut kaufe ich mir und übe, wie man ihn abnimmt, und eine neue Brille, sofort! Denn die alte rutscht mir ständig über die Nase herunter, nicht nur wenn ich Tränen vergieße. Das Märchen vom Hans im Glück muß umgeschrieben werden: das letzte, was er eintauscht (vielleicht gegen das Huhn), ist eine neue Brille. Mit der sieht er dann den nächsten Goldklumpen und macht diesmal alles ganz anders.

11. Nachtrag

Was mir auf der Durchreise in Hamm noch passierte (geschrieben in Berlin im November):

Während mein Zug stand, kam auf dem gleichen Bahnsteig in der Gegenrichtung ein Zug aus Hannover an. Ihm entstieg eine Frau mit einer Reisetasche. Was mir auffiel, war ihr Gang und ihr lockeres, beweglich sitzendes Kleid. Irgend etwas erinnerte mich sofort an Judith, ich wußte aber nicht was. Außerdem sah ich ihr Gesicht nicht deutlich genug. Ohne Zögern ging sie quer durch den Strom der Reisenden zu meinem Zug und stieg ein, verschwand damit vorerst aus meinem Gesichtskreis. Ich prüfte die Fahrpläne. Kein Zweifel: der andere Zug war dort hergekommen, wo wir jetzt hinfuhren. Vielleicht hatte sie zu Hause etwas vergessen – ich mußte der Sache nachgehen!

Sie saß im Speisewagen – einem sehr sehenswerten Modell der Mitropa: ovale Durchgänge, nierenförmige Spiegel, der ganze Resopalplatten-Chic der fünfziger Jahre, ebenso unernst wie humorlos. Sie saß mittendrin und hatte den Ernst und den Humor und das weite, bewegliche, bequeme Kleid. Ich sehe mittlerweile sehr viel auf einen Blick, wenn ich einen Speisewagen betrete.

Ich ließ in meinem Blick etwas aufleuchten, als sähe ich unverhofft ein Juwel, bestellte dann etwas, sehr zerstreut, als sei ich von ihr ganz durcheinander, bat schüchtern, bei ihr sitzen zu dürfen, und blätterte dann im Kursbuch, das ich zu diesem Zweck mitgebracht hatte. Während ich mich also auf dem sicheren Gelände meiner Methode bewegte, irritierte mich zunehmend, daß sie in der Tat etwas Besonderes war und mich wirklich durcheinanderbrachte. Ich beschloß das zu ignorieren und blickte sie an: »Haben Sie vielleicht eine Frage zum Fahrplan?« Ich war sehr neugierig darauf, was sie sagen würde. Sie hatte keine Frage außer der, wo ich denn hinführe. Ich kämpfte etwas mit mir, aber dann dachte ich: Nein, nicht wieder das alte Spiel! Ich sagte ganz einfach: »Nach Berlin, und Sie?« Um die Frage zu beantworten, holte sie aus ihrer Tasche – meiner Seel! – ein Kursbuch! Es war noch abgewetzter als meines, sie blätterte blitzschnell darin herum.

»Bis Helmstedt«, sagte sie.

»Sie steigen dort um?«

»Ja.«

Jetzt schlug ich meinerseits nach. Wir mußten beide lachen. Nach drei bis vier Sekunden fragte ich sie: »18.24 Uhr?«

»Ja.«

Wenn es, dachte ich, so etwas wie die Wahrheit von fixen Ideen gibt und in Jerxheim so etwas wie eine Bäckerstochter, dann mußte sie es sein! Bäckerstöchter sehen heutzutage aus wie Greta Garbo und lieben die Freiheit.

»Wohnen Sie in Jerxheim?« fragte ich.

Die Antwort hallte nach wie ein Glockenschlag.

»Nein.«

Ich saß verdattert. Meine Kindheit war vorbei. Nun gut, ich hatte das längst erwartet. Nach einer Weile sagte sie:

»Ich fahre mit einer Netzkarte.«

Ich hatte es doch schon in Hamm geahnt! »Wie lange denn schon?« fragte ich etwas stockend. »Gute drei Wochen.«

Mit ihr also teilte ich schon längst das Schienenkönigreich. Wieviele Male mußten wir aneinander vorbeigefahren oder im gleichen Zug gewesen sein! Ich sah sie sinnend an. Was konnte sie sein? Kriminell? Agentin, Kontrollbeamtin, Bahnjournalistin? Ich merkte an ihrer Miene, daß sie wohl dasselbe dachte wie ich. War sie – Taschendiebin? Unternehmerin? Sendbotin einer Sekte, eben dabei, hinzugehen und die Völker zu lehren?

Falsch! Sie ist Malerin, reist und schaut zum Fenster hinaus. »Wie lange gilt die Ihre noch?« fragte sie.

Ich war erkannt, fühlte mich aber zugleich befreit. Ich führe nach Hause, sagte ich ihr. Die Reise sei abgeschlossen. Sie wollte wissen: »Was war das mit Jerxheim?«

Erst erzählte ich ihr von Jerxheim. Dann von Judith. Dabei stellte ich fest, daß Judith für mich zugleich wichtiger und unwichtiger geworden war – ich kann es nicht erklären. Ich erzählte auch von meinem Vater. Irgendwann sagte ich: »Ich glaube, es hat keinen Zweck! Soviel ich mir auch notiert habe, ich weiß doch noch nicht, worum es sich bei meiner Reise gehandelt hat, und die Sprache steht mir nicht zur Verfügung. Aber das macht nichts. Ich will meine Droschke verkaufen und noch über die Welt was lernen. Was genau, weiß ich noch nicht.« Ihr gefiel gut, was ich sagte. »Fangen Sie mit irgend etwas an«, erwiderte sie, »es ist wie bei einem großen Bücherschrank.« – »Ich würde Sie gern wiedersehen!« sprach ich und fand, daß es mir gut gelungen war, genau das zu sagen, was ich wollte. Wir tauschten die Adressen aus. Sie wohnt in München-Schwabing.

In Helmstedt stieg sie aus, um über Jerxheim nach Braunschweig zurückzufahren und von dort aus vielleicht weiter in den Bayerischen Wald. Es wurde dunkel. Ich fuhr Berlin entgegen, schaute zum Fenster hinaus, war glücklich und machte allerlei Pläne.

November 1980: Brief an den »Kollegen N.«:

Lieber Herr Nadolny,
hier sind die Notizbücher, machen Sie sie lesbar! Sie wissen ja meistens, worauf Sie hinauswollen.

Bitte keine Tricks mit der Dame am Schluß! Es war nicht Judith und nicht die Bäckerstochter! Wir kennen uns jetzt besser und haben einige Pläne. Sie hat mich sogar gemalt, einzig die Brille durfte ich anbehalten.

Noch ein Hinweis: auf den Bahnhöfen und in den Zügen gibt es sogenannte »Profis«. Das sind Leute, die sich dort lediglich aufhalten, aber nirgendwohin reisen wollen. Ihre Zahl wächst ständig. Ich war Profi.

Ach so: ein »geblimpter Zoom« ist eine schallgedämpfte Brennweitenverstellung – ich lasse nicht gern etwas unklar.

Irgendwo steht, daß es in Berlin immer Parkplätze gibt: das stimmt nicht mehr, bitte streichen!

Haben Sie gelesen, Steve McQueen ist tot! Und die Bundesbahn erhöht nächstes Jahr die Preise.

Ich bin übrigens nicht mehr lange in Europa. Der Aufnahmeleiter, der immer Igel und Igelin zugleich ist, sitzt jetzt beiderseits des Atlantik. Er ist inzwischen internationaler Golf-Profi und spricht nur noch von »Caddies«, »Bogies« und »Birdies«, manchmal auch von »Eagles«. Er vermittelte mir einen Job als Reitlehrer an der Ostküste. Vielleicht lerne ich, was mit Amerika los ist.

Sie haben recht behalten: ich bin nun doch in einem Lehrberuf. Es wurde Zeit, daß die deutsche Didaktik auch beim Dressurreiten angewandt wird.

Berlin, im November 1980   Ihr Ole Reuter

SERIE PIPER

»Die Entdeckung der Langsamkeit« ist auf den ersten Blick ein Seefahrerroman, ein Roman über das Abenteuer und die Sehnsucht danach und ein Entwicklungsroman. Doch hat Nadolny die Biographie des englischen Seefahrers und Nordpolforschers John Franklin so umgeschrieben, daß dieser Lebenslauf zu einer subtilen Studie über die Zeit wird.

»*Zu den größten Leistungen Nadolnys gehört die Art, wie der Rhythmus seiner Prosa die Geschwindigkeit unserer Wahrnehmung verändert.*«

Times Literary Supplement

SERIE PIPER

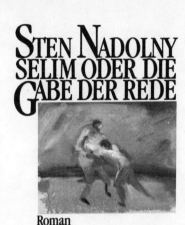

»So unterschiedlich die Hauptdarsteller in Sten Nadolnys Büchern auch sind, eines verbindet sie: der besondere Blick, auf das kleine Abenteuer und das große Erleben. Sie können das scheinbar Vertraute als fremd betrachten. Sie haben den Blick der Kinder zurückgewonnen, für den sich an jeder Ecke Sensationen ereignen, Höhepunkte, die andere gar nicht mehr wahrnehmen. Das Staunen-können zeichnet die Helden Nadolnys wie ihn selber aus, und er lehrt es seine Leser neu.«
Ingrid Heinrich-Jost,
FAZ magazin

»Sten Nadolny – ein Erzähler unvergeßlicher Geschichten . . .«